Source 14

手我繪的字

僕の描き文字

平野甲賀

Hirano Kouga

甲賀流

僕の描き文字　平野甲賀

我的手繪字　Hirano Kouga

平野甲賀《我的手繪字》推薦文
平野甲賀『僕の描き文字』推薦文

Akira Kobayashi　小林章

和文の書体デザイナーとして私が写研で働いていた頃、平野さんの文字や装丁が大好きになって、『平野甲賀：装丁の本』を購入しました。繰り返して眺めては文字が放っている存在感に圧倒され、いつか自分もこんな文字がつくりたいと思っていました。文字だけなく本の装丁も欲しくなり、その装丁が欲しいという理由だけで購入した本は『本郷』でした。たしか会社に持って行って、文字を書く作業机の脇にも置いた時期があったと思います。そんなわけで、写研にいて日本語の書体をつくっている間は、近くにいつも平野さんの字があったように思います。

欧文書体への熱が高まって、勉強のためイギリスに行くことに決めた時、荷物を大幅に整理することになって、それらの本は残念ながら売ることになりました。いま入手しようとしたら『平野甲賀：装丁の本』は難しいかもしれない。失敗した。売るんじゃなかった。

まあ、その平野さん大好き時代から二十五年経って、平野さんの『僕の描き文字』の台湾版が王さんのデザインで出るということを、私の本の翻訳をしてくれる葉さんから聞きました。二〇〇一年からドイツで暮らしている私は、そういう本が出たことを知らず、平野さんの名前を久しぶりに見てちょっと懐かしい感じがしました。葉さんから話を聞いたのがちょうど日本への出張の直前だったので、これは絶対に日本で買おうと思い、実際日本に到着してすぐ平野さんの本を買いに本屋さんに走り、在庫になかったので取り寄せてもらいました。開いてみると、予想に反して図版はそんなに多くなくて、平野さんが文字についての考えを書いたり語ったりした内容をまとめたものだということがわかりました。そういえば、平野さんの文字を眺めているだけで、すっかり平野さんの言葉を読んだ気になっていたけど、よく考えたらちゃんと読んだことはなかったなあ、と少し反省しました。

あらためて『僕の描き文字』でまとまった平野さんの文章を読んでみると、鈴木勉さんと字游工房のことも出てきて、ヒラギノのことが書かれている。そうか、読んだことがあるのは鈴木さんが亡くなったときの『鈴木勉の本』に寄せた文章だからか。その中で、平野さんはこう書いています。

「書体とはまず安心して呼吸のできる空気のようなものであってほしいのだ。」
私も、一九九〇年に字游工房に入り、ヒラギノの制作に関わっています。当時の字游工房は、そういう気持ちで作っていたと思います。ずっと憧れだった平野さんに、ヒラギノをちょっと褒めてもらった気がしてうれしかった。もちろん、その書体の形を決めたのは鈴木さんで、私はそれのお手伝いを少しさせてもらっただけ。でも、平野さんが少し近くなってくれた気がしてうれしい。個性的な文字で人を引きつける平野さんと字游工房の土台をつくった鈴木さん、二人の文字はぜんぜん違う形だけれど、二人とも文字が大好きで、ちゃんとお互いをわかり合っている。それがあらためて感じられてほほえましくなりました。この本を読んで良かった。

二〇一六年三月　小林章

當我還在寫研從事日文字型設計的時候，就開始喜歡上平野先生的手繪字和書籍設計，並且買了《平野甲賀：書籍設計之書》。我不斷翻閱這本書，並且深深受到這些文字帶來的強烈印象吸引，心想有一天也能設計出這樣的字型。後來更不安於字型設計，為了追求《本鄉》那種質感，買下這本書帶進公司，並放在辦公桌上顯眼的角落每天瞻仰，最後我總算踏進了書籍設計的領域。所以我在寫研設計日文字型期間，平野先生的字體總是陪著我。

我一度熱中於歐洲字型，便決定到英國深造。當我整理行李的時候，便因為不需要帶那麼多東西去，而把這兩本書都賣掉了。現在再回頭去找《平野甲賀：書籍設計之書》，可能已經很難了。我對當初的決定感到遺憾不已。

從喜歡平野先生設計的時代到現在，也已經過了二十五年。最近從我作品的中文譯者葉（忠宜）先生那裡得知，王（志弘）先生將會負責平野《我的手繪字》台灣中文版的平面設計。自從我二〇〇一年搬到德國定居以後，便沒了平野先生的消息，更不用說是出書的事了；如今再度看到平野先生的名字，心頭頓時充滿了回憶。葉先生告訴我這個消息的時候，我正要回日本辦事，所以心想一定要買。到了日本以後，問了很多書店，卻都沒有庫存，只好請書店代訂。

後來我打開這本書一看，發現內容跟我預料不同，圖片沒有那麼多，大部分其實是平野先生對文字的思考或談話。說來有趣，過去我總是專注在平野先生的手繪字，卻沒有看過平野先生的文章；現在我對於過去忽略的這一塊深自反省。

當我回頭去讀平野先生在《我的手繪字》裡的文章，發現他不僅提到了鈴木勉先生與字游工房，也提到了 Hiragino 體。這才讓我想起，這篇文章曾經收錄在追悼鈴木先生的專書《鈴木勉之書》裡。平野先生在文章中提到：

「字體必須像空氣一樣，可以放心地呼吸。」

自從一九九〇年開始任職於字游工房以來，便一直參與 Hiragino 體的開發；當時字游工房也以這種期許設計 Hiragino 字型。能被向來仰慕的平野先生稍稍提到，並且得到肯定，個人覺得相當欣慰。當時決定字體形狀的，當然是鈴木先生，而我只是盡一點力去協助他完成而已。但是能夠更靠近平野先生一步，還是很開心。以充滿個性的文字吸引讀者的平野先生，以及建立字游工房基礎的鈴木先生，雖然在設計風格上南轅北轍，但兩人對文字的熱愛卻是共通的。想到這裡，我心裡發出會心的微笑，並且覺得看到這本書真好。

二〇一六年三月　小林章

致台灣的讀者們
台湾の読者のみなさんへ

Hirano Kouga　平野甲賀

台湾の文字好きの皆さんこんにちわ。
この本を手に取っていただき感謝いたします。ぼくのグラフィックデザイナーとしての仕事も、もうずいぶん長い時間が経ちました。
この間のぼくの仕事のほとんどは、タイポグラフィックデザインであり、つねに文字（書体）との睨めっこでした。
日本語にはひら仮名、カタ仮名、漢字、ときにはアルファベットも混じることもあります、そんな文章をどんな文字（書体）で組めば読みやすく、美しいのか、それは、つまり表音文字と表意文字である漢字のパズルです。
漢字は皆さんもご存知のように、奥深い複雑なものです。ぼくは漢字とは一幅の絵画だと思っています。
一文字、一文字をじっと眺めて見れば、そこに描かれた物語が見えてくるのです。
たとえば一本の「木」が並べば「林」であり、もっと数が増えれば「森」となる。じつにウイットに満ちた、つまり象形文字の世界です。
そしてさらに「山」「人」「水」などを部品として組み合わせ（これを「へん」「つくり」「かんむり」などと日本語では云います）先人たちはそうして文字を作ってきたのです。大らかで、ちょっと漫画っぽい！
しかしそれこそが、ぼくの描き文字の大切なヒントでもあるわけです。

二〇一五年六月　平野甲賀

各位愛好文字的台灣讀者你們好。
感謝大家閱讀本書。我從事美術設計這行，已經走過相當長的年頭。

我過去的工作內容幾乎都和字體有關，常常盯著文字（字體）一直看。

在日文字裡，總是夾雜著平假名、片假名、漢字，甚至是拉丁文字母。用什麼文字（字體）呈現這種文字的文章，讓文章更好讀、更美觀，換句話說，就是既表音又表意的漢字組成的拼圖。

如同各位讀者所知，這是一門深奧而複雜的學問。對我來說，漢字就如同一幅畫。當我逐一凝視每一個字，這些文字就會呈現出一篇故事。舉一個例子來說，如果將「木」字並列，就會成為「林」；再增加數量，就成了「森」字。其實漢字是一個充滿睿智，也就是象形文字的世界。

以前的人又進一步在旁邊加上「山」、「人」、「水」等部首（日文依照位置分別稱為「へん」〈左半邊〉、「つくり」〈右半邊〉、「かんむり」〈蓋頭〉），形成了各式各樣的文字。就跟漫畫一樣有趣！

但也正因為如此，我才能得到從事美術字的重要線索。

二〇一五年六月　平野甲賀

我的手繪字　目次

1

2

封面手繪字：平野甲賀

1

兩本書

二冊の本

《出版文摘》一九七七年一月一日

書的實用性何在？內容要透過閱讀活字才會產生意義，但是一本書光有內頁，既無法在書店陳列，也無法放進書房的書櫃中。

這裡有兩本書。一本是宮澤賢治[1]（Miyazawa Kenji）的《春與修羅[2]》，另一本是萩原朔太郎[3]（Hagiwara Sakutaro）的詩集《吠月[4]》。這兩本收錄在近代文學館《名著復刻全集》系列中的作品，我三不五時會拿出來看。出版社企圖在同一書系的書中，盡可能地去接近初版的裝訂與內容規格，讓讀者體會過去美好時光是什麼感覺。略翻書中幾頁，會發現帶有讀音標記的漢字，與沿用當時表示方式的片假名。書中使用的鉛字骨幹略粗，尤其是平假名的部分，更有一種毛筆字的質感。書中的本文是以膠捲翻拍後膠印[5]（offset printing）而成，無法要求太好的質感；但以新版文字的斑駁程度來看，當時的書當然是採活版[6]印刷印成，使用的紙張一定更粗糙。而新版《春與修羅》的內文用紙看起來像是相當常見的高級紙，《吹月》的用紙卻怎麼看都像手工紙。

至於這本書的封面，則是以牛皮紙包覆，並且在薄薄的紙面上壓出兩毫米（mm）的書溝[7]，業界用語稱為九十二公斤牛皮紙[8]。至於書盒[9]的固定法也有些奇特：不同於現在常見從背面側往正面貼，這本書是由書盒封內側往外貼，把封面包一圈後，再將預先裁成細長形狀的白色和紙書標貼上。這樣的設計也出現在外側紙殼的部分，紙殼上以石版印刷印製了以草書寫成的「春與修羅」四個字。整本書的底紙材質拿起來很輕。

現在要把書從書盒中拿出來。根據櫪折久美子[10]（Tochiori Kumiko）的說法，本來書盒與內容間的理想關係，應該是把書本塞進書盒後，書背朝上放一晚上以後，隔天早上就會自然地變成符合的大小。本書書盒在茶色的粗麻布花紋上，再貼上描繪著鐵青色薊花花紋的紙板，大小也恰到好處。

一般書皮較厚的精裝本，封面封底的長寬會比內頁各長出三毫米，以達到保護內頁的功用；而這本書的書板則做得更寬，有八毫米這麼寬。書皮外面再貼一面軟軟的紙板，紙板又塞進上下兩端與切口。這是透過紙板彈性的原理，讓本書可以跟書盒緊緊相貼的技巧。書皮加上書衣正好有十六毫米，大概是內頁總厚度的一半，故能恰到好處地包住書皮，拿出這本詩集的時候，就像敲開蛋殼一般。

至於《吠月》又是如何呢？這本詩集是有書衣的，書名字體的設計比較漂亮。剝掉書衣，深褐色的書皮上燙了深黑色的字樣，平背讓書本翻開時如銀杏葉一樣美麗，發揮了不平凡的功效。這本精裝書的書皮，卻比其他的硬殼書做得更小，幾乎與內頁相同面積。另外頂端的開口幾乎沒有裁斷。這樣的設計也只有在幾本法國的出版品上看得到，至於直排排版的書，更是罕見。怕開了這些開口可惜，我並沒有將之割開。我看來，這樣的裁斷方式絕非裁斷機處理而成，歪七扭八的裝訂反而比封面更顯眼……。原來這都是書籍設計者的點子呀。乍看之下帶有神秘感，把書看完之後，又感受到一種紙板無法隱藏的感受，或許書籍設計者是想透過這樣的設計表現出這種讀後的回味無窮吧。

一本書有作者，也有編輯，再靠書籍設計者的協力，才能讓一本書帶有實用性。所以這兩本詩集讓我樂在其中。《春與修羅》設計者不詳，《吠月》則由恩地孝四郎[11]（Onchi Koushiro）擔綱。

1 宮澤賢治：一八九六～一九三三，日本詩人兼兒童文學家。代表作《銀河鐵道之夜》、《風之又三郎》等，多半為死後發表。

2 春與修羅：賢治唯一在生前發表的口語詩創作集。由一九二二年開始創作，原預定發表三集，只有第一集於一九二四年發行；遺稿於死後陸續被後人整理發表。

3 萩原朔太郎：一八八六～一九四二，日本近代詩之父。

4 吠月：一九一七年發行，萩原的第一本詩集。

5 膠印：又名「柯式印刷」，是應用水與油墨相斥原理的印刷術。

6 活版印刷：使用活字的印刷法。

7 書溝：精裝本及厚書壓在封面、封底與書脊相接之處，以方便翻閱的凹槽。

8 九十二公斤牛皮紙：九十二公斤為五百張全開紙張（一令紙）的重量。

9 書盒：保護書籍（精裝書、字典、百科全書等）用的硬紙盒。

10 櫪折久美子：一九二八～，國際裝訂家協會正式成員，隨筆作家。

11 恩地孝四郎：一八九一～一九五五，版畫家、攝影師、詩人、書籍設計師。日本抽象畫之父。

封面的原點

カバーのルーツ

《EDITOR》一九七八年四月號

我小時候與四個哥哥之間，都會定期舉辦交易會。當時以物易物交換哪些東西，現在很自然已經不記得了。身為老么，我唯一記得的一件事，是哥哥們激發了我對特定物品的珍惜，而且絲毫不覺得自己被騙。

記得哥哥們當時拿著的，是紅色的硬紙殼資料盒。盒子裡裝的東西，盡是一些奇怪潛水艇設計圖，或是雜誌上剪下來的飛機圖片，或是寫上指引尋寶的奇怪密碼之類的騙人玩意。他們套話誘使我跟他們交換物品，看起來分明就是要我上當。然而跟那些盒子內的物品相比，我要的毋寧是那些紅色的硬紙盒……。即使到了現在，只要一進到專業文具專賣店，只要看到樣式相同的紅盒子，都會看到入神，往往會忍不住就買了下去。幼年時期的體驗，真令人害怕。

大我十歲以上的大姊，對於我每次都被大敲一筆，是否全看在眼裡呢？有一次她終於拗不過我的撒嬌，給了我一本書；但是我那時候還讀不了幾個字，這種連翻幾頁都沒有插圖的書，始終還是充滿好奇吧。

說來可能有點可笑，我要的似乎不是大姊的書，而是她拿來保護書本的書封。聽說當時我叫她小心拆開書封後收下，書本一下子就還回去了。事實上大姊很擅長畫圖，是第一個入選文科展覽之類的女生。我還記得那時候她被刊登在報上的畫作，但這都是題外話。因為封面出自大姊的手筆，所以一定有很漂亮的圖文吧。在那陣子，就連哥哥們也加入了這場「包書衣」的遊戲，所以家裡的每本書都被弄得有些不堪入目。

對了，我當時一定還有失去一件可貴的事物，是一種只顧關心書本封面，而忘了重視內容的罪。至於我現在的職業——拿到出版社的文字本也不仔細讀，三兩下就設計書本外觀的平面設計師——莫不由此發展而來，想到這裡，多少感到無能為力。

也多虧這種帶有少女感覺的興趣，我養成了偷看別人書櫃的習慣。有一次，我在朋友的書櫃中發現了一本書。紀伊國屋書店封皮底下的書脊，隱約浮現出他技術一流的圓滑書名標題字，字底下還以紅色的底線襯托，與書本的大小正好保持了一種平衡。書本的內頁已經出現了手垢形成的泛黃，而以現在這本書還放在書櫃顯眼處來看，表示這本書以後還是會被持續閱讀。所以這是一本充實的書。只是我沒有跟書的主人要求把書封帶回家，因為這種美感與時光同時進行，不應該強行抽離。

在我身邊的女兒，則死命地想為自己的漫畫書附上封面，可說是得到了我這個父親的真傳。而我自己最近也不顧自己的年紀，一直讀著冒險小說與科幻文學，在搭巴士電車上下班的時候，也總是拿著文庫本看。下次可能就變成是我在為了自己感興趣的讀本製作封面了。

植草式煉金術

植草さんの錬金術

《植草甚一剪貼簿12》一九八〇年四月

我是在一九六七年夏天，為了討論《爵士的前衛性與黑人》的封面設計，而第一次跟植草先生見面的。當時我從小田急電車「經堂」車站走了五、六分鐘路前往他的住所。現在回想起來，會相信透過造訪初次見面者的住處或工作場所，最可以了解一個人的來龍去脈，其實也是從這次訪問開始。

我穿過破落的木門，按下門鈴之後便馬上說明來意。屋內傳來梅子夫人的聲音「是平野先生對吧？」的同時，我一面解開鞋帶，一面仔細端詳玄關，不由自主地發出「嗯」的一聲。超市拿來裝肉還是什麼生鮮食品用的空盤、看起來是贈禮的糖果餅乾空盒，還有歷經風吹雨打的傘架等各種雜物上，全部貼滿了畫工不算上乘的各種圖案：有人臉、狗、鳥類，以及各式各樣的花紋。我一面感到莫名其妙，穿過狹窄的走廊進入起居室（這條通道就如同植草文章所說，夾道兩側堆積如山的書已經呈現山崩狀態了），坐下的時候又不禁嗯了一聲。屋內處處可見書堆、未完成的剪貼、各種唱片、用途不明的物品、彩色鉛筆、剪刀、切紙小刀，不計其數。我就這樣掉進了植草甚一的剪貼世界，或者也可以說，我已成為他剪貼世界的一部分。

我以一種侷促的姿勢拿出封面的製版原稿，問他：「這樣您還滿意吧？」他卻用一種不耐煩的表情看著手上的原稿，並把原稿慢慢地翻過來。這時候他又以一種好奇的語氣問我：「不錯耶……描圖紙都是這樣黏的嗎？」我急急忙忙地回答：對，用透明膠帶。接著他又把我千辛萬苦逐一貼上的排版撕開，並且問我：「那這又是用什麼黏起來的？」我說：「我用相片膠（paper cement）。這種接著劑很適合做拼貼，如果溢出來的話，等它乾了以後用手搓揉一下，便可以輕易去除。」雖然植草先生後來還是完全沒有用過這種接著劑，當時的話題卻由此偏移到舞台設計上。「我以前念書的時候，曾經負責過舞台的道具設計。後來在築地小劇場[13]看到了吉田謙吉[14]（Yoshida Kenkichi）的作品，就覺得他的灰色調用得真好。」而當時我正好也有意願嘗試劇場設計，想跟他多請益一些細節，他卻又岔到沒有關係的話題上：而劇場附近剛好有小咖啡廳，於是我就在那邊玩拼貼了。接著他又不知從哪裡抽出一條領帶，表示：「這條領帶應該很適合你。」本來要討論的封面設計話題，老早就被拋到九霄雲外了。

「恩斯特[15]（Max Ernst）在《百頭女[16]》（*La femme 100 têtes*）用的拼貼手法，給我很大的震撼。」植草先生一面說著，一面拿出還沒完成的拼貼作品。「你看，把這張圖倒轉過來，看起來就會像一張臉。」原來如此。我一面應付著他的雜談，一面想像自己從事設計業，且常以無中生有者自居，面對這種拼貼手法，到底會有何種觀感……到頭來，我還是一頭霧水。

植草先生的手頭，常有兩三枚拼貼作品同時進行。他總是能伺機而動，從盒子裡拿出事先剪好形狀的紙片，隨心所欲拼貼出想要的形狀。我稱之為植草式煉金術。當初恩斯特就已經以煉金術形容拼貼手法，因為拼貼創作就像從劣質金屬中提煉出金銀，或是長生不老仙丹妙藥。他把我們司空見慣的舊插圖或廣告片段，也就是既定形式的內容分解做為創作素材，並且將之倒轉、剪開、貼在不同圖片上，乃至於透過放在不同情境中，使圖像的內容產生質變。所以我說這不是無中生有，而是將我們習以為常的現實分割重置；即使現實還是現實，各種事物的本質卻更加清楚。

植草先生表示「我受到恩斯特的影響」。而從他早期的作品之中，確實可以看出這樣的影響。但是他並不完全如此，我發現在植草先生的作品中，與其說是受到恩斯特的影響，更應該說是與恩斯特「對撞」。我相信他對恩斯特感到高度興趣，一定就像「裁縫機與蝙蝠傘在解剖台上相遇」[17]般奇妙。他可以手到擒來，馬上完成一幅拼貼作品。我稱之為獨一無二的植草甚一流（美術出版社發行的植草作品全集，我甚至提議命名為《植草甚一主義》）。植草先生是一個不斷與各種有趣事物對撞的創作者，同時也是一個散步中的拼貼作品，往來於東京神田舊書街與紐約第五大道之間，透過不斷的衝擊，陸續創造他的拼貼作品，想起來真是有趣。他先後數次進出紐約，其間我們目擊到的，則是他體現出的散步拼貼形象。

拼貼創作充滿了魅力，連我後來也把這種手法納入我的設計中。雖然無法模仿植草先生，我至少可以用自己的方式，以更活絡的思考挑戰逼近現實面貌下的事物本質。

「平野，餓嗎？」植草先生當時也請我吃了他最喜歡的炸薯泥餅，並且倒了一小杯威士忌。經過一段沉默，我終於開口：「老師，我該回去了。」「好。」我伸直了發麻的腳，往長滿夏日雜草的院子一看，院子裡居然有一台發亮的紅色電車，車上還有人，每個人都朝這邊看……連這也是拼貼做出來的嗎？熟悉的汽笛聲把我帶回現實，電車也駛出月台。我還在離小田急線經堂車站步行五至六分鐘距離，在軌道邊的植草工作室。這就是我與植草先生充滿衝擊性的第一次接觸。

12 植草甚一剪貼簿：植草甚一（Uekusa Jinichi，一九〇八～一九七九，推理小說評論、影評與爵士樂評人）於一九七六至八〇年發行的手稿與圖文剪貼隨筆集，全套四十集，外加附錄一冊，又名「JJ大全集」。作者死後二十餘年間，在舊書市場的行情水漲船高。

13 築地小劇場：一九二四年落成於現今東京Metro日比谷線築地車站附近，為日本最早的「新劇」專用劇場，擁有自己的駐館劇團。在經過左翼運動、派系分裂與戰時思想管制之後，一九四五年毀於東京大空襲。

14 吉田謙吉：一八九七～一九八二，劇場設計師，同時也經手美術設計、服裝設計與字體設計。

15 馬克斯・恩斯特：一八九一～一九七六，歸化法國的德國畫家、雕刻家。達達主義（Dadaism）創始者之一，超現實主義（Surréalisme）代表人物之一。

16 百頭女：恩斯特一九二九年發表之「剪貼小說」，以拼貼各種銅版畫呈現出超現實世界。

17 出自十九世紀法國耽美派詩人羅特列亞蒙伯爵（Le Comte de Lautréamont，一八四六～一八七〇）一八六八年發表的詩集《瑪朵爾之歌》（*Chants de Maldoror*）。首個由報紙廣告拼湊詩文的範例。

人人可用的印刷樂

だれでもできるプリントゴッコ

《水牛通信》一九八〇年十月號

「操作簡單，人人能上手的彩色孔版印刷[18]（stencil printing）機。」這是「印刷樂[19]」（プリントゴッコ；Print Gocco）（訂價九千八百日圓）套裝組合外包裝上的標語。

大約從兩年前開始，我成立了一間專門租書給主婦與小朋友的文庫，名為「小恐龍」，基本上是想讓那些媽媽管不住的小恐龍們，有一個可以坐下來看書的地方。當我有新書入庫，想讓會員來看的時候，就得發行刊物（通信）通知他們。於是，我買了一台印刷樂。明信片大小的訊息要逐張書寫太費工夫，而且也沒有達到印刷廠會接的量。住處附近影印店用的紙太薄，謄印的效果又太呆板。印量與需求，決定印刷的形式。

印刷樂的原理，是孔版印刷的一種。這種方式與絹版印刷或謄印非常相近。將墨水直接鋪在開了孔的原版上，透過這些孔目，直接把圖案印在紙上。這種時候，絹版上的墨水必須以橡皮刮刀推開，謄版則使用滾輪。印刷樂完全使用按壓方式。

至於原版呢？印刷樂的原版都要加上一個主版型，將原版與完稿版型（原寸大小的版模）緊密接合，並透過曝光燈（全套附贈，帶有反射鏡的燈箱）的照射與加熱，將原稿上色的部分做成孔版。這道手續在印刷作業中最為重要，而根據說明書上記載，曝光燈發出的紅外線，可以將接觸圖文部分的碳粉加熱。所以，原稿上必須有碳粉。想起來可能有點難，但是只要是寫得出黑字的物質，包括鉛筆、墨汁、製圖用黑墨水，乃至於報紙用的油墨中，都含有碳粉的成分。然而我們必須注意，照片和印刷品是沒有辦法直接製版的。如果真的想要複製，就只能先複印原稿，因為乾式複印的黑色部分就有碳粉。

接下來做原寸大小的版模。用可能含有碳質的墨水寫字畫圖，線條可細可粗，過程充滿樂趣。在明信片大小的紙上，以楷書工整寫下內文，再剪貼一些報紙圖文，便完成了排版工作。

剛開始的時候，「文庫・小恐龍」每週二與週五開館，後來變成每週開館一次，最近根本沒開了，但不表示就此休館。我開始留意到這些與大人小孩分享的書，是如何被他們閱讀的。如果只是借還書而已，算是良好的交流嗎？而將書中的詩文朗讀出來，可以成為好的交流方式嗎？背誦童話故事，說給小朋友聽。把畫集翻拍成幻燈片，同時朗讀內文。請會說方言的人朗讀方言寫成的書。如果這樣活用書本，將產生不同於心中默讀的力量。如果再加上身體的動作的話呢？……

我又以文庫．小恐龍為據點成立一個「糖果會」，顧名思義，每一個參加的小朋友都會得到一顆糖，一個月舉辦一次的糖果會。活動往往有四、五十個小朋友來參加，當我開始期待下次要什麼時候舉辦的時候，又要再弄一份通信了。

有了原稿跟版模，完成了製版作業後，便可以進入印刷的程序。要印刷當然要有紙，紙張最好是容易吸墨的標準明信片，但光是這樣還是顯得無聊，所以我到美術用品店買了棉花紙，帶回家裁切成明信片大小後使用，用起來相當有趣。即使是顏色偏黑的紙，由於印刷樂的墨水混和白色後，仍有相當高的不透明度，也可以把圖文印得很清楚。我就這樣依照紙的特質，決定使用何種墨水。接著在主版型上加墨水，主版表面有一面透明的墊子，把墨水塗布在塑膠墊下，再由上方加壓，墨水就會透過孔版滲透到印刷紙上。仔細觀察原版版模，會發現圖文部分都布滿了小孔。有時候想要強調一些部分，還會使用顏色比較鮮豔的墨水，或是把各種顏色印在紙上，讓成品帶有大理石紋的感覺。印好的小字中混著各種顏色，雖然有點不好讀，但確實是彩色印刷。

《小恐龍通信》至今已經發行二十五期，《糖果會》活動訊息十五期。會不會有下一期充滿變數，然而每月一次的《糖果會》已經成為不得不出的狀態了。一個媽媽跟我說，不論下次活動何時以何種形式舉行，令她關切的究竟還是活動的新表現形式。為教導小朋友學到的新知識，同時也成為自己的知識。

18 孔版印刷：在油紙或絹版等薄面上加壓，將墨水直接透過版面小孔轉印在紙張上的印刷方式。

19 印刷樂：一九七七年由日本理想公司（Riso）推出的長銷商品，市場受到電腦印表機及掃描器發達的影響，於九〇年代後期急速萎縮，二〇〇八年停產，二〇一二年底停止生產所有相關耗材。

香蕉殖民地

バナナ植民地

《水牛通信》一九八一年五月號

去年夏天有一場名為「香蕉殖民地：菲律賓香蕉與我們」的聚會，傳單反面印了一張圖，我試著透過這張圖，說明香蕉如何從產地輸送到我們的嘴裡。香蕉確實不是產地直銷，但是對於堅信買來的香蕉都很新鮮的我們來說，這張解說圖帶來的衝擊卻很大：大企業的壓榨、對菲律賓蕉農的壓迫，以及農藥的濫用等問題，在這張圖中歷歷在目。深入淺出的圖解，其實相當費工夫。如果一邊接電話一邊製圖，很容易就在圖面上畫滿了不經心的塗鴉，後來整個不知道自己在畫什麼了。所以我把「菲律賓問題聯絡會議」的總體報告書內頁設計成文下圖上，以圖輔文的形式。

這種排版本來出自英國以前的圖畫故事書，像是愛德華・里爾[20]（Edward Lear）的圖畫書，也採用這種體裁。更直接的例子，則有八島太郎[21]（Yashima Taro）的《新太陽》（*The New Sun*，一九四三）與《地平線在呼喚》（*Horizon is Calling*，一九四七，日文版由晶文社發行）。每一頁上，除了言簡意賅的文章，就是能一目了然的圖解。這樣一來，一頁之中似乎可以容納十頁的訊息。當然，由於八島太郎眼力與畫風都不同於常人，不論是什麼訊息，都可以若無其事地傳遞給讀者，甚至可以說是相當爽快的。所以我就借用了他的手法，還刻意把圖畫刻西卡紙上，試圖模仿他那種木刻版畫般有力的線條。工作確實能在短時間內完成，但我還是覺得自己遠遠比不上八島……。

---

20 愛德華．里爾：一八一二～一八八八，英國畫家、幽默圖文詩人。曾被伊莉莎白女王聘為御用繪畫教師。

21 八島太郎：一九〇八～一九九四，日裔美籍繪本畫家。曾經於左翼作家小林多喜二（一九〇三～一九三三）被特警凌虐致死後，繪製其遺容像。後來赴美進修並加入美軍對日情資單位，在戰時於美國發表作品，仍得到各界讚賞。一九五〇年代開始創作兒童繪本。

印刷、漫畫與空堤的孩子們

印刷、漫画、クロントイの子どもたち

《水牛通信》一九八一年十二月號

我走出「暹羅廣場[22]」（Siam Square）回到旅館，穿過川流不息的卡車、巴士、引擎發出八答八答聲的大發 Midget 三輪計程車，汗流浹背地過完這條十字路口，映入眼簾的是一塊寫著「SILK」四個大字的巨大招牌。很多人看到都只會認為，這不過是另一個泰國的觀光特產店，而對那樣的招牌視若無睹。但事實上不管在陋巷，還是在我們住的旅館周圍，許多販賣絲綢或珠寶的店家門口，都會以日文寫上大大的「歡迎光臨」，讓我們相當驚訝。

我穿過繁忙的十字路口，也許是因為汗流浹背、氣喘吁吁的關係，才終於在 SILK 的後面看到了另一個字「SCREEN」。那麼下面那行字，一定是說可以因應各種廣告要求製作絹版吧？如果只當成特產店看待，這家店顯得太過髒亂。不過想起來也有道理，這邊是做絹版的店。那麼，往裡面走的話，一定是他們的工廠吧？我偷看了貼滿剪貼文字玻璃後面店內的樣子。那個窗上的剪貼字又是怎麼回事，如果可以用絹版印刷，做出來的字不是比較好看嗎？但是曼谷好像流行這樣的貼字。我們搭巴士去清邁的時候，等車的觀光中心窗戶上，也曾看到這種螢光色的剪貼文字。

外頭日正當中，店裡卻暗得什麼都看不清楚。我小心地推開店門往裡一看，店裡半個人都沒有。店內西側牆上一整面的櫃子上，排滿了各式各樣的墨水，而地板上也擺著鋪有絹版的木框。不僅木框不大，周圍也不見其他印刷用品。我環顧四周的同時，一個男人從內側的一扇小門探出頭來，然後一邊揮舞著好像鐵鎚的工具，一邊以泰文大罵。我一面彎著腰跟他道歉，一面逃出店外。所以剛才從店外聽到的咚咚聲，是他在敲打木框的聲音呀。本來想多問他一些關於製版的事情，比方說照相排版[23]會不會用到油紙之類的材料等等。既然這邊都已經有這樣的店面，表示市場對絹版印刷一定有很大的需求……。

到曼谷的第一天上午，便和水牛樂團[24]一同去參加十月六日於國立法政大學（Thammasat University）舉辦的追思會。這天剛好是星期三，我們搭上一台快要變成一堆破銅爛鐵的計程車，一面聽著導覽：這是玉佛寺[25]（Wat Phra Sri Satsadaram），不過現在因為整修外觀都看不到了……而後計程車經過了當初發生「星期三慘案[26]」（Thammasat University Masscre）時，樹上吊滿法政大學學生屍體的皇宮外廣場，把我們載到了正門口。

同學們都坐在樹蔭下或通風良好的一樓走廊長凳上埋頭苦讀，我看了心想，日本的大學生根本不可能這樣呀（後來我才得知，他們正在準備期中考）！接待員悄悄地帶我們逛遍整座校園，而這時我注意到了許多公告欄上都釘滿了紅綠色調的海報。從粗糙的紙張與印刷的質感來看，果然還是絹印。

接待員帶我們去看學生民族樂團的社辦。他說這些都是泰國北部的樂器，水牛樂團的團員們當下就像變了個人一樣，紛紛衝上去試彈試打。他們還拿出皮影戲用的戲偶，向我們示範了戲偶的操作方式，看起來這種戲偶也是用水牛皮做的。我驚嘆了一聲，但事實上並沒有興趣。我只注意到教室一角立著一塊絹版用的木框。接待我們的同學告訴我，校內有各式各樣的學生團體，他們常常使用這個絹版。我有點忌妒這些同學。

在暹羅廣場裡，有三四間很大的書店，一間叫做「DK」的書店，看起來有種以前新宿的紀伊國屋書店跟銀座耶拿（Jena）書店開在一起的感覺。既是前後棟夾層式建築，又以鐵樓梯區隔各區段，讓整間書店看起來像是立體迷宮，令人流連忘返。爬上頂樓還有一扇小小的鐵網門，門後是辦公室與編輯部。

這家書店還發行了一本月刊叫做《文學世界》。高橋悠治跟他的團員一起訪問雜誌主編蘇恰，但這時候我發現了一件更有趣的事情。在靠近這間小房間門口的桌邊，還有兩個工作中的年輕人。我前去告訴他們，我也是專門做書本的設計師，你們在做印樣嗎？這是吉拉帕．安妥瑪黎和他的助手。我原本以為他們只有在做月刊，一問才發現他們也有出平裝本。同時我也看到了《天地一沙鷗[27]》（*Jonathan Livingston Seagull*）泰文版的封面。完整的原版上鋪了一張描圖紙（跟我每次用的不大一樣），紙上密密麻麻寫滿了泰文的印刷要求。我猜，這邊寫著把白底拿掉，那邊寫著紅色要百分之幾。負責泰文翻譯的天野和子小姐驚訝地問我，難道你也懂泰文嗎？我說，只要有成品一起對照，大致就知道意思了。

走在街上，也發現海報、手寫POP廣告或是傳單之類，在泰國並不普遍。這時候我也問了泰國設計界的現況，結果一聽才知道，曼谷負責出版物設計的平面設計師約三十人，廣告設計師更只有十人。然而這說不定也是件好事，因為這樣表示設計是由生產者負責。

我接著再問，泰國最活躍的漫畫家是哪一位？吉拉帕推薦他最尊崇的阿閏．瓦恰拉撒越[28]（'Arun Watcharasawat）一九七八年發行的畫集《克立還在國內賴著不走》給我，因為他在這本書剛出的時候，搶先買了五本，便送了我一本。感謝他。看完後便發現，阿閏其實是一個厲害的諷刺畫家。他巧妙地吸收了紐約的政治漫畫家勞瑞[29]（Ranan R. Lurie）的精髓，並轉化成自己的風格。

在某家書店又翻到一本圖畫書，也是由DK書店發行，怎麼看都是同一個人的作品。後來才知道作者是蘇安．瓦洽拉撒越，而阿閏擔任插畫，我想兩個人一定是兄弟還是夫婦。

從清邁回到曼谷的隔天，水牛樂團和中川五郎[30]（Nakagawa Goro）在曼谷最大的貧民窟空堤（Khlong Toei）表演。我們被帶到貧民窟裡到處逛，也受到當地居民的招待。

舞台以學校課桌臨時搭建而成，周圍的板凳擠滿了沒穿衣服的孩子們，外面又擠滿了大人。遠道而來的客人們接受了觀眾獻上的花環後，便開始演奏。

我在這一趟旅程被交代，要把所見所聞都畫下來，但終究無法順利完成。我在一間小學的二樓拿出素描本，孩子們便開始用一種「叔叔你在做什麼？」的好奇眼光圍著我；個頭比較小的孩子，只能從後面跳著看。我只好把畫好的本子翻過來面向大家，看他們能不能看得出來我在畫什麼。他們看到本子上畫著一隻睡覺的狗，便異口同聲地說：「×××！」我想那是泰文的「狗」吧？如果能這樣學幾個泰文單字，我想也不錯。一滴汗滴在素描本上，這時他們又指著我圍在脖子上的毛巾大喊：「快擦快擦！」這時候汗流浹背的我，就像被一群小朋友用體熱團團圍住的格列佛。

22 暹羅廣場：位在曼谷市暹羅區，為年輕人聚集的繁華地帶，又稱「曼谷新宿」、「曼谷西門町」。

23 照相排版：重現度較高的製版方法，可透過分色翻拍製作原稿後拼成印刷用版。

24 水牛樂團：由前衛作曲家高橋悠治（Takahashi Yuji，一九三八～）成立於一九七八年，原來是為了翻唱泰國抗議歌曲而組成，後來逐漸擴展範圍，詮釋更多亞洲抗議歌曲。該團LOGO由本書作者設計繪製。一九八五年解散。

25 玉佛寺：泰國王宮內的御用佛寺，由拉瑪一世（Phraphutthayotfa Chulalok, Rama I，一七三七～一七八九）興建。大佛係由老撾（寮國）永珍掠奪而來之戰利品。

26 星期三慘案：一九七六年十月六日，法政大學學生要求政府當局嚴懲流亡美國後、以僧侶身分回國的前首相他儂（Thanom Kittikachorn，一九一一～二〇〇四），反遭軍隊直接侵入校內大開殺戒，造成四十六人死亡，一百六十七人受傷，數百人被拘捕（官方資料）。同日傍晚六點，國防大臣沙鄂上將（Sa-ngat Chaloryu，一九一五～一九八〇）宣布戒嚴，起兵推翻社尼（Mom Rajawongse Seni Pramoj，一九〇五～一九八〇）首相的文人政權。他儂本人便是因為一九七三年十月十四日大規模流血鎮壓「星期天慘案」後續發生的政變而下台。

27 天地一沙鷗：飛行員理查．巴赫（Richard D. Bach，一九三六～）於一九七〇年發表的心靈小說。

28 阿閏．瓦恰拉撒越：一九四七～，長期在泰國英文報紙《The Nation》上刊登政治漫畫。

29 勞瑞：一九三二～，美國保守派時事漫畫家，一九七四年由以色列歸化美籍。他的作品被世界各地的報紙刊登，一九八五年台灣當局重金委託其創造一代表中華民國的漫畫人物，同年十二月於台北市立美術館舉行公開記者會發表「李表哥」，輿論一片譁然。

30 中川五郎：一九四九～，日本民歌運動代表性歌手之一，後來轉戰出版界，曾發表隨筆集與小說、也翻譯查爾斯．布考斯基（Charles Bukowski，一九二〇～一九九四）多本小說。

園芸家12カ月

暗闇へのワルツ

ウィリアム・アイリッシュ

高橋豊訳

ハヤカワミステリ

泰國的漫畫

タイの漫画

《Graphication》一九八二年二月號

短短十天的泰國行程，就可以談一路上看到的泰國漫畫，可能有些不知天高地厚，但我還是要提一下那陣子買到的泰國漫畫和圖畫書。

在曼谷的暹羅廣場，是一間充滿禮品店、小吃店、電影院等設施的大型購物中心，還有四五家中大型的書店，而DK書店也是其中一家。書店出版部的設計師吉拉帕，送給我一本他最景仰的漫畫家所畫的作品，就是阿閏・瓦洽拉撒越的《克立還在國內賴著不走》（一九七八）。書中的時事漫畫主要調侃的，雖然多半是泰國最保守大報《暹羅早報》（*Siam Rath*）創辦人，也是泰國知識分子界的重要人物克立・巴莫[31]（Kukrit Pramoj），但這本畫集的畫風與幽默感都非常上乘，可以說是洗練的國際化風格。他總是會在漫畫裡安插一個留著傳統辮子頭的小孩，以嘻笑怒罵的方式擔任圖解的角色，但我又在書店找到另一本畫冊《沒有尾巴的他平》，打開扉頁又是個同樣髮型的小孩拉開舞台布幕的插圖。所謂他平，是一種用樹葉做成、掛在天花板下哄嬰兒入睡的魚形吊飾，形狀剛好是一條大魚下面跟著很多小魚。這本畫冊的故事是說，有一條小魚離開他平去外面冒險，內容則是留白居多的簡潔構圖。兩相對照激烈的時事漫畫與這本書的優美插圖，可以看得出阿閏的為人。

到了曼谷，我又買了一本附插畫的平裝本《文化與衰弱》（一九八〇）。這本書還是在講克立跟軍人間的紛爭，而且是出自克立本人之筆，插圖則由彼將．泰派桑以一種類似近藤日出造[32]（Kondo Hidezo）的筆觸完成。這本書中的漫畫，主要是宣揚克立對於軍政府的批判立場，是否也有「筆比刀劍鋒利」的訴求？

走在曼谷街上，確實看不到穿著正式西裝的上班族看漫畫的樣子，但有許多類似的雜誌。這些雜誌大致上都是以騎馬釘裝訂而成，一本四五十頁，並且取了《幽默市場》之類的名稱。從類似〈Little Annie Fannie[33]〉的黃色漫畫，到帶些血腥暴力的成人漫畫一應俱全。這類雜誌的中間幾頁，一定都會有桃色新聞、社會案件或是影星的內幕（甚至有日本電視藝人的照片），還有讀者交流園地，好像有點好看。告訴我很多關於泰國漫畫現狀的旅日留學生阿南，一聽到我跟他提到這類雜誌，便臭著一張臉跟我說，他是不會看這類雜誌的。

另外還有一份刊物叫《朋友漫畫》，裡面有冒險、科幻，甚至還有小小的學習專欄，可說兼顧幽默與學習。這本雜誌甚至還刊登了泰文版的《搗蛋奶奶[34]》，讓我有些吃驚；不過再怎麼比，都覺得泰國版在編排上比較仔細。

提到仔細這回事，《阿田爺爺》系列也不遑多讓。一套十六冊的圖畫故事書中，阿田爺爺（據說「田」是泰國傳統皮影戲中著名的角色之一）被孩子牽著手，一邊看著風景，一邊從鄉村走進都市。街道、車船、寺院、動物園各有一本遊記，最後總是滿載而歸，回到老家向鄉親誇耀他的見聞。

同時我也看到了改編自民間故事（而非古典文學）的劇情漫畫，我挑了一本有出現日本相撲力士的漫畫買，這本也是以前廣為流傳的故事改編，神童蘇唐猜（類似日本一休和尚）具有以柔克剛的力量。

由曼谷連續搭乘十小時的冷氣巴士，一邊欣賞田園風光，一邊往北前進清邁，並到「清邁藝術中心附設兒童圖書館」造訪提西里先生。廣闊的空間裡，只見幾間零星散布的小屋，綠意盎然十分舒適。我們沒多久就被帶到附近的烏蒙寺（Wat Umon）散步。

這是一座蓋在森林裡的佛寺，而且附近也不容易找到建築物，那麼這些房子裡有沒有印刷廠呢？我回到寺廟前院，總算看到一個販賣部的地方排滿了各種佛書。有一個孩子像在翻閱雜誌一樣，站著看那些書。我從小孩背後偷瞄一眼，這不是漫畫嗎？而且還是粗獷而充滿躍動感的畫風，感覺上像是作者一邊跟人閒聊一邊畫出來的。這樣的畫會很有說服力喔！

阿南告訴我，當今泰國雖然還沒進展到宗教改革的地步，但重新審視佛教的運動，在泰北便是以這座烏蒙寺為根據地。再談談這本《釋迦尊者的教誨》，是五年前由一個叫查邦的漫畫家所畫。我並不清楚這個作者的來頭，但看得出他是以相當強的憤怒下筆。不能理解佛陀教誨的人，不只會長出獸類的尾巴，尾巴還會冒著煩惱之火。整本書就全力投入在討論煩惱之火要怎麼消去，還有如果不消去會怎麼樣。即使是披著黃色僧袍的出家人，都難以避免煩惱之火的侵襲，這時候應該明心開眼找出火源，並且只能靠自己的力量去消滅。這本漫畫的最後一頁，則是心中懷著太陽的人，睜大了眼睛歡樂地跳舞。值得一提的是，這本漫畫由「光明路」出版。

31 克立・巴莫：一九一一～一九九五，作家，曾任泰國首相。

32 近藤日出造：一九〇八～一九七九，政治漫畫家，長期於《讀賣新聞》刊登政治漫畫。日本漫畫家協會首任理事長。

33 Little Annie Fannie：由漫畫家 Harvey Kurtzman（一九二四～一九九三）主筆的全彩黃色漫畫，一九六二年至八八年間在成人刊物《Playboy》上連載。

34 搗蛋奶奶：由日本首位女性職業漫畫家長谷川町子（Hasegawa Kyoko，一九二〇～一九九二）繪製，先後連載於《每日新聞》與《朝日新聞》的四格漫畫。

迫不及待想看成品的時候

出来上がるのが待ち遠しい時

《Holpe 讀書新聞》一九八一年一月一日

我迫不及待看到書本出版。對一個從事書籍設計的人來說，看到自己做的書推出，是最幸福的一件事。大約兩年以前，從晶文社拿到他們新書系第一集《抗爭的音樂》（高橋悠治著）印樣的時候，心中欣喜莫名。同一時期我也跟高橋悠治一夥人一起創設了《水牛新聞》（亞洲民眾抗爭文化資訊報），我發現我在報上的表現顯得很蠢。把自己抽離出來冷靜看來，我的排版看似平凡無奇，但當時還是在一些場合上相當投入。

《抗爭的音樂》這本文集，可說是高橋悠治運動的出發點，收錄了他關注政治的各種評論。他在書中表示，民眾的抗爭歌曲，必須與生活處在同一個場域，人人必須以一己之力，唱出屬於自己的抗爭之歌，這才是文化之根。我有家室，有自己的生活，在不知不覺間會被社會與政治問題捲進去，所以我的表現與設計不可能與政治社會無關。進一步說，我必須找出社會政治與自身的關係，才能獲得表現的手段。所以我迫不及待想看到成品。因為書是一種工具，為了拿來用而需要編整，為了編整而需要設計。

京都日記

京都日記

《人與日本》一九八二年三月號

一月十五日星期五，晚上六點半。《今江祥智的書35》（理論社）全二十三卷發表完畢，在京都四條通河原町的法國餐廳「萬洋軒」舉行慶功宴。盛會。為了慶祝結束？場面熱鬧，我卻不由得感到空虛。

剛開始，他們以每月一卷的速度出刊，二十三卷全部出完，也需要快兩年的時間，使人覺得目標遠在天邊；到了全系列結束的時候，才發現時間居然過得那麼快。所以我為我當初做書時沒有仔細下工夫，感到有些懊悔。不管是內封使用布面的設計，書背上的壓印文字位置，還是封面的配色，數之不盡的錯誤，都像昨天發生一樣，希望可以再盡一點力。

如果系列的完結使人掉進了後悔的深淵，不如不要這麼快結束，但事實上是不可能這樣如願的。有開始就有結束，在很多事情上都看得出這種模式，但真的都是這樣嗎？有人說「要重視過程」，這話不無道理。然而當我們承認開始與結束可以並存的同時，就能夠同意這種說法。在一開始的時候便想像結束時的樣子，便能與後來的實際結果相比較。過程是朝終點前進，當我們在進行的同時經常檢討開始的主要原因，結局會越來越像是開始的變形體。這時候結局就如同理所當然，在終結之中，也蘊藏著幾分新的可能。一件事情的結束，便是另一件事的開始。

完結不過是出自時間上的限制。能不去在意時間限制的工作，其實更好。而一月十五日，正好也是今江先生的五十大壽。

一月十六日星期六，宿醉，讀書打發時間。打盹被櫃台的退房通知電話吵醒。一時火大，要求「再住一晚」！本來今天應該要去金澤逛逛……。

跟朋友去今宮神社吃烤麻糬，把小麻糬用竹籤叉起來，沾芝麻醬汁吃，味道不錯，想再去吃。發現肚子又餓了，行經銀閣寺，就近吃了烏龍麵與淡味噌湯。一路上只顧聊天，後來還喝酒喝到很晚。實在很冷，想必金澤應該已經下雪了吧？雪中的兼六園是什麼感覺呀……。走出居酒屋，京都也在下雪。

一月十七日星期天，明明是晴天，卻還飄著雪。我想到了某齣話劇的台詞：「下雨天，才是好天氣。」

昨天約好今晚去 Martinez 劇場看井上廈[36]（Inoue Hisashi）導演的《伊哈托夫的戲劇列車》。宮澤賢治的理想國探求記，由花卷（Hanamaki）開往上野（Ueno）的幻想列車，但我想看到更多賢治的四度空間世界。我搭上新幹線回到東京。

35　今江祥智的書：兒童文學家今江祥智（Imae Yoshitomo，一九三二～二〇一五）作品集。同系列共發行三十六卷。

36　井上廈：一九三四～二〇一〇，廣播與電視節目編劇，反戰作家。

法蘭克福書展

フランクフルト・ブックフェア

《出版文摘》一九八三年一月一日

海外旅遊給我的初步印象，就是到處都是令我驚訝的事物。我們從蘇黎世搭上火車，目標法蘭克福。本來以為只是過一個國境，頂多就是完成幾道通關手續就可以進入德國……

不管是在成田機場還是莫斯科機場，都洋溢著一股緊張的氣氛。有的旅客追著廣播的指示東奔西跑，有的只想讓自己的手提行李快速通關，而莫斯科的年輕海關，則咄咄逼人地看著每個旅客，並以一副不以為然的表情放行。不管是多輕鬆的旅行團，被丟到這個人馬雜沓的十字路口，遇到這種溝通不良的環境，興致都會冷掉一半。而我們這群忙亂不知輕鬆為何物的旅行團，在這種到處都是人的地方連續三天，就會有一種想要變成鯊魚，趕快游開這個地方的心情。不過我只是一條吸盤魚。

到了日內瓦車站，才發現他們沒有驗票口。隨著隊伍前進，不一下就到了月台。電影裡才看得到的藍色火車，緩緩駛進屋頂很高的月台大廳。我半信半疑地拜託導遊幫我問其他乘客，可不可以坐這個位子？才剛坐下，火車就開始往前進了。這個過程中，確實沒有人吹哨子，也沒有任何廣播。我憑著第六感以為，反正火車會由西往東走，所以坐這班車應該沒問題，結果過了下一站，又轉了個彎。過了一站，又轉了一個彎。仔細數過這班車總共轉了幾個彎，突然想到約翰．佛蘭肯海默[37]（John Frankenheimer）拍的《戰鬥列車》（*The Train*，一九六四）。這部片是說企圖從法國搶奪許多名畫的德軍，在男主角畢．蘭卡斯特[38]（Burt Lancaster）與其他站務員的智慧與勇氣之下，終究還是離不開法國的故事。雖然我沒有看到車站的標示就像片中被移花接木，但跟車內的其他乘客一樣，處在一種不知何去何從的狀態。

在餐車裡喝了幾瓶紅酒，並與導遊比較了瑞士和日本兩國鐵路的不同，結果人算不如天算，列車已經到了法蘭克福。這裡的車站也沒有驗票口。到底是怎麼回事？我平常習慣拿著車票出站的手，如今卻空無一物，有一種奇異的快感。

導遊告訴我，法蘭克福市區有一條書展專用的街道。所以我馬上發現馬路上到處懸掛書店的廣告布條，而書展展場也緊鄰車站旁邊。小型巴士穿梭在本來就不大的會場，提供參觀者隨時上下車的服務。我心想，這也叫書展嗎？

會場分成四大塊，全長我想有兩、三百公尺。主會場是給歐洲以外的出版社展示用的兩層樓建築，場內就像學校園遊會的小賣店一樣，排滿了各式各樣的攤位。由於這些攤位都是書店，所以整個看起來有一種難以想像的氣氛。我開始照著ABC的順序沿路參觀，腳越走越累，身上也開始流汗。果然這裡需要小巴士。

第二天正好遇上來自漢堡的野村修[39]（Nomura Osamu）為我們帶路，於是就去東西德圖書展區參觀。一進到會場就見到布雷希特[40]（Bertolt Brecht）、貝克特[41]（Samuel Beckett）和懷斯[42]（Peter Weiss）三人的巨幅照片，告訴我們這裡是祖爾坎普出版社[43]（Suhrkamp Verlag）的攤位。這邊非常擁擠，我踮著腳看到桌上正展示著布雷希特的新書，聽說是布雷希特生前不想出版的春宮詩集。黑底沒有書衣，紅色的字直接打在封面上，相當簡單。其他的書本同樣只有一兩種顏色的組合，而且沒有上亮面。我想可能是因為流通管道不一樣吧……我便失望地鑽進下一個攤位，牆板上貼滿了民歌詩人沃夫・畢爾曼[44]（Wolf Biermann）的唱片封套。從堆積成山的新書也有一樣的封面來看，應該是出了新的詩集。我心想怎麼這麼多人，往人縫中一看，有一張臉跟照片上一模一樣，那就是畢爾曼本人。我便叫野村把同行的晶文社中村董事長介紹給畢爾曼認識，說他就是日本唯一發行您詩集的出版社老闆喔。畢爾曼睜大眼睛，起身看了看董事長，便道：「本來以為你會很瘦，原來你還有些胖，我可以放心了。」看起來是表示自己的作品沒人會買。我向他要了一本簽名本，帶著小小的興奮離開展場。後來請野村看看畢爾曼為我寫了什麼，結果是「給從書展偷走一本書的男人」。原來，書展是不賣書的。

隔天出門，想要去找畢爾曼的唱片跟布雷希特的詩集，走遍大街小巷，沒一家店有開。這也難怪，他們週六週日全天休息，連書店跟唱片行都一樣。星期一我們就要到下一個目的地了，在德國什麼也沒玩到，非常遺憾。

37 約翰・佛蘭肯海默：一九三〇～二〇〇二，好萊塢戰爭片、動作片導演。

38 畢・蘭卡斯特：一九一三～一九九四，美國影星、製片。一九六〇至七〇年代也受到義大利與法國新浪潮導演的青睞，演出數部藝術電影，如維斯康提（Luchino Visconti）的《浩氣蓋山河（*Il Gattopardo*，一九六三）》、貝托魯奇（Bernado Bertolucci）的《二十世紀（*Novecento*，又名〈一九〇〇年〉，一九七六）》等。

39 野村修：一九三〇～一九九八，日本德國文學權威，京都大學榮譽教授。主要研究劇作家布雷希特與有「二十世紀最後知識分子」之稱的猶太社會思想家班雅明（Walter Benjamin，一八九二～一九四〇）。

40 貝托爾特・布雷希特：一八九八～一九五六，德國劇作家。曾與懷爾（Kurt Weill，一九〇〇～一九五〇）與艾斯勒（Hanns Eisler，一八九八～一九六二，東德國歌作者）等作曲家合作。納粹興起後開始流亡歐洲，並輾轉來到美國。一九四七年受美國演藝圈掃紅運動波及，翌年由捷克斯洛伐克進入東德，組成「柏林人劇團」（Berliner Ensemble）。二十世紀實驗劇場重要人物之一。

41 山繆・貝克特：一九〇六～一九八九，愛爾蘭裔法國劇作家，荒謬劇始祖。一九六九年諾貝爾文學獎得主。

42 彼得・懷斯：一九一六～一九八六，流亡瑞典後歸化瑞典籍的德國猶太作家。

43 祖爾坎普出版社：一九五〇年成立於德國，歐洲出版界龍頭之一。

44 沃夫・畢爾曼：一九三六～，前東德詩人暨抗議歌手，許多作品於東德時代被禁，本人在西德演唱期間被剝奪國籍之後，便留在西德直到兩德統一。一九九一年獲得德國文壇最高榮譽格奧爾格・畢希納獎。

我設計的書——選自一九八四年記錄

僕が作った本——一九八四年の記録から

《水牛通信》連載　四月至十二月號

四月

由於二月十一日把工作室搬到新地點，我就想把十一日以後交稿的書籍一一介紹。●《我的日本音樂史》林光[45]（Hayashi Hikaru）著，晶文社犀牛叢書系列，柳生弦一郎負責書中好幾幅插畫，我用了其中一張做為封面。或許是我想慶祝自己的新工作室啟用，就隨心所欲指定用色；後來卻因為網版疊合，使得印刷顏色偏暗；不過看到中村老闆（晶文社社長）似笑非笑，我便知道這種設計有些效果。書中有一處被印刷廠遺漏了。●《中年人可以做什麼？不合格篇》金子勝昭著，晶文社犀牛叢書系列，插圖由安西水丸[46]（Anzai Mizumaru）負責。「不合格篇」的字樣是編輯部去找刻印店刻出來的印章。雖然以「中年」為書名讓我感到不高興，但據說書店不斷下單，中村老闆也說：「中年讀者的市場也有可能喔。」●《額頭上的街》岩瀨成子[47]（Iwase Joko）著，理論社發行。雖然是以少年為對象的大長篇系列，這本書我卻刻意做成像大人看的書一樣，並且使用了柳生真智子的水彩畫當插圖，讓這本書的封面看起來更像是女性文學。印在書衣上的圖分解成兩種顏色印刷，印出來的結果出乎意料，以後有機會還要用用看。●《使者：亨利・詹姆斯[48]（Henry James）作品集4》工藤好美、青木次生譯，國書刊行會發行。由於這一系列的平面構成大致都已底定，這本書即使排版簡單不需太多工序，仍要在調色跟字體使用上大費心思。所以每一冊出來都有巧妙的不同。●《大坂城：天下第一名城》宮上茂隆著，穗積和夫負責插圖，草思社發行。這套書專門介紹日本人是怎麼蓋房子的，在市面上大受好評，因為格式已經事先訂好，照計畫去做應該會很順利就完成，但心裡總有一種全部重做的念頭。這一本書一出，前期的全五卷就出齊了，所以還要設計書店用的看板，以及刊登報紙用的廣告，很累。●《父親送我的禮物》長岡輝子[49]（Nagaoka Teruko）著，草思社發行。演而優則導的長岡女士寫的回憶錄。書腰上只強調她演了《阿信[50]》裡的「加賀屋老太太」，十分可惜。堀內誠一[51]（Horiuchi Seiichi）負責插圖，因為實在畫得太厲害了，封面圖有點難挑。●《社區：英國某小鎮的生活》布萊恩・傑克森（Brian Jackson）著，大石俊一譯。為了這本書的設計方式，我跟編輯部起了一點爭執。最後決定使用綠底白字的活版字體排印。雖然出版界忌諱綠色書皮的書，怕會賣不出去；不過我個人反倒比較喜歡這種組合。到時候一定會有讀者來函，說活版排印讓這本書看起來不像晶文社出版的，所以以後一定大有可為。●《讓葉蘭飄揚：喬治・歐威爾[52]（George Orwell）小說集4》高山誠太譯，晶文社發行。只需要在組好的版面上貼上標題，並選出兩種顏色搭配就完成了。●《深呼吸的必要》長田弘著，晶文社發行。這本書完全依照長田的喜好去做，封面以大橋步[53]（Ohashi Ayumi）的插圖與我的手繪文字標題做為原稿的基調。●《繼續吃夢的人：徹叔誠叔平生錄》植木等[54]（Ueki Hitoshi）口述、北畠清泰[55]（Kitabatake Kiyoyasu）編，朝日新聞社發行。標題以手繪文字完成，排版依照要求盡量簡潔，現在我也學會這種手法了。●《活在美國：打破日裔的刻板印象》Mako 岩松[56]（Mako Iwamatsu）著，越智道雄監譯，日本翻譯家養成中心發行。副標題非常威風，映襯到 Mako 本人的演技（以前演過《聖保羅砲艇[57]》〔*The Sand Pebbles*〕，前幾年又在《殺手壕[58]》〔*The Big Brawl*〕扮演成龍的叔叔。另外，他也是八島太郎的兒子）。這本自傳會讓我覺得，這個人為什麼不及早推出回憶錄。書內的組版指示看來非常順利。●《班雅明的肖像》格斯霍姆・肖勒姆[59]（Gershom Scholem）等人共著，好村富士彥等譯，西田書店發行。不管是作者還是譯者，都是有頭有臉的人物。因為編輯希望能彰顯出他們的陣容堅強，就主張使用活字。至於照相打字時使用何種字體排版，我沒有特別在意便下手了。從後記引用了漢娜・鄂蘭[60]（Hanna Arendt）的一段話放在封面，本來想以這本書不凡的肖像性質來寫點東西，但礙於篇幅，還是請各位讀者親自去書店翻閱。●《免田榮[61]（Menda Sakae）獄中記》社會思想社發行。以前我曾接過鎌田慧[62]（Kamata Satoshi）寫的《自刑場生還》平面設計，於是這本書便順理成章到我手上了。這本書也只要求我出個手繪文字就好。如果我把「免田榮」跟「獄中記」兩組橫排文字上下陳列，怎麼看都容易看成「田中角榮[63]」（Tanaka Kakuei）。我並沒有那種意圖……。●像文庫本或雜誌連載之類暢銷作品的文庫化，看起來好像都很暢銷，既然如此，賣不掉的書又怎麼可能出文庫本呢？我又接了《思想的科學》四月號、《來自世界》冬季號、小林信彥[64]（Kobayashi Nobuhiko）文庫本四冊，以及集英社與新潮社的案子。另外還有《秋櫻》朝日文庫、新潮社蜻蜓叢書《畢卡索美術館巡禮》、《大和路散步八大最佳路線》、三麗鷗科幻文庫《天空的轆轤》烏蘇拉・勒瑰恩[65]（Ursula

Kroeber le Guin）著，《世界A的報告書》布萊恩．歐帝斯[66]（Brian W. Aldiss）著，CBS/SONY出版《片山敬濟[67]的挑戰：荷蘭錦標賽的十六圈》這本講的是摩托車賽，這類書還有很多。●《楊朵》以薩克．巴榭維斯．辛格[68]（Issac Bashevis Singer）著，邦高忠二譯。據說這本小說已經被拍成電影[69]，並由芭芭拉．史翠珊（Barbara Streisand）擔任女主角。晶文社發行……太多了，說不完。

五月

上個月的趕工如同地獄，使得腦袋好像吸滿水的海綿，必須把水擠乾並曬曬太陽，這個月會多出門散步，多打掃院子，把枯枝枯葉一併燒了。●《出版界現況》林邦夫著，草思社發行。在《每日新聞》長期連載的報導文學單行本。「出版界現在的內憂外患，就像是戰國時代[70]一樣慘烈……」雖然這樣的句子，應該出現在書腰上做為吸引讀者的文案，但一想到這本書原本是報紙上的連載專欄，便和報社出版部商量好，把這本書的內頁比照報紙的樣子編排，做成報紙通用的樣式。我本來想要把很多本書疊起來拍照，但看起來卻像這些堆積如山的書都賣不出去一樣，只好作罷。出版社的員工很辛苦的，大家還是快去買吧。●《一路奔馳的夏天》柴田隆著，島野千鶴子插圖，理論社發行。今江祥智這次主編的新系列，要求我把每一本書都做得像單行本一樣。雖然口頭答應，但心中總覺得不安。島野小姐以關西口音[71]表示，她的圖先以毛筆描線，再用紙片裁出形狀後，以染布的原理逐一染色，最後將做好的拼畫做成孔版，所以即使編輯在製版過程中不小心把版弄丟，她也能馬上做出來。她的畫確實是力作，卻也因為太過於工整，以至於我在決定書名標題位置上，就花掉兩天的時間。我把標題字在她的圖上左擺右擺，到太陽下山都沒辦法定出好位置。這時候編輯又希望可以趕得上作者柴田先生的婚禮，這下怎麼辦？●《書齋生活術：從文庫收集到文字處理機[72]的運用》紀田順一郎著，雙葉社發行，新書開本[73]。桑村編輯很久沒來我工作室，這趟來找我，便是為了要以一個晚上的時間，告訴我這次為什麼要重視個人電腦。我們喝了一晚的酒，在討論之前還拿大海棉棒打「乒乓棒球」跟熱鬧的飛鏢比賽，我到底幹了什麼？玩這麼瘋，我又可以拿多少設計費？書頁中藏著一張藏書票，上面畫著一個像毛毛蟲一樣黑抹抹的男人（某某書蟲），我也把這個書蟲男當做這本書的封面。●《弗蘭巴德之屋》K. M.裴頓[74]（K. M.

Peyton）著，石井清子譯，柳生真智子插圖，晶文社發行。英國暢銷女作家的思春少女小說。日文版的插圖為日本重新繪製，是第一個麻煩。●《當爵士樂還年輕的時候》內田修[75]（Uchida Osamu）著，河村要助[76]（Kawamura Yousuke）插圖，晶文社犀牛叢書系列。作者是名古屋的醫生。自從我迷上摩登爵士[77]（modern jazz）以後，便常常聽到人家提到這個爵士發燒友的名字。我問編輯部，可不可以找找草月Music Inn[78]那掛的和田誠[79]（Wada Makoto）畫封面，他們就說，要找就找比較時髦一點的人吧！●《市川猿之助[80]（Ichikawa Ennosuke）的歌舞伎講座》、《中華人民生活百貨遊覽》這兩本都是新潮社的蜻蜓叢書，這個新系列的特點就是照片多。雖說是新系列，但也已出了好幾本……猿之助書中呈現的，是各種變身戲法、舞台裝置、機關道具與奇觀組成的舞台世界。中華人民那本是攝影師島尾伸三[80]（Shimao Shinzo）與他的同行老婆潮田登久子（Ushioda Tokuko）大量累積的百貨店照片集。這邊有了第二個麻煩，他們本來無意在這個書系中發行，所以對於系列的規格非常不滿。而且書中封面和封底的設計全由他們做好，並強加在我的設計上，對彼此來說都相當可惜。●《發語訓練》小林信彥著，河村要助插畫，新潮社發行。要助的插圖進度大幅落後，這時候就需要發揮爆發力，一定會有好的成果。這本短篇集本來應該早於《百人一首奧之細道》推出，做為一本練習用的小說，也就是發語訓練，所以我想到可以把這本書設計得像會話練習本，並在書名下面加上松尾芭蕉[82]（Matsuo Basho）俳句的英文翻譯，所以出版社也會以為我做的是語文書，這就叫創意。●《阿嘉莎．克莉絲蒂[83]的禮物》傑佛瑞．范恩曼（Jeffery Feinman）著，諸岡敏行譯，晶文社選書。麻煩之三。我不斷重寫標題，每次都不滿意，不知何時能結束。●《這時候怎麼辦？青少年身心症》凱瑟琳．麥考伊（Kathleen T. McCoy）著，片岡忍譯，晶文社發行。這本書的封面只要把各種症狀條列出來就成了。

喪失自尊心　虛脫　倦怠　睡眠障礙　鬧脾氣　家庭暴力　離家出走　偷竊　性放縱
吸毒　抽菸　自卑感　翹課　逃學　自殺　酗酒　懷孕　暴飲暴食　留級　失去自信
推卸責任　情感障礙　叛逆……有以上症狀的讀者，就買來看看吧。●糟糕，寫到這裡才發現已經無書可寫。另外還有《思想的科學》五月號、《來自世界》春季號、《飛天教室》第十期這些雜誌而已。這個月跟業主常常有衝突，或是在意想不到的節骨眼上發生麻煩。跟書沒有關係的討論，也往往一波三折……。雖然沒有重度倦怠感、虛脫、睡眠障礙、鬧脾氣、抽菸、喝酒等等行為，暴飲暴食倒是有的。嗚呼哀哉！四字頭年紀的身心症。

六月

我一度想過，在連續假期開始之前，就趕快把工作都做完，東西收一收去旅行，事實證明我的想法太過天真。才覺得喉嚨有點刺刺的，一開始放假就大爆發，還發了燒。而且還閃到腰，整個人跪倒在地上不斷咳嗽，想不到我也有這種時候。●《小日本主義：石橋湛山[84]（Ishibashi Tanzan）外交論集》增田弘編，草思社發行。前面的論文完成於大正二（一九一三）年五月，文體當然是「竊以為……」之類的文言文；最後一篇論文寫於昭和四十二（一九六七）年，所以全用「我認為……」的白話體。整本書看起來很乏味，但是以漢文筆調寫成的初期論文每一句話都充滿魄力，增進不少我的漢文知識。不過我設計的封面，卻沒有那麼大魄力。●《朋友就像大海的氣息》工藤直子[85]（Kudo Naoko）著，長新太插圖，理論社發行。詩人工藤小姐的海邊生活記錄「就像與鯨魚一起的那一天那一刻」，無聊的時候就「放鬆心情」，似乎「忘了把門關緊，聽到風吹著門，啪啪作響」。最近長先生的畫風有點小改變，顯得有些重。但這不表示他走低調，而是一種寧靜的沉重。●《北條早雲[86]（Hojo Soun）的一切》杉山博編，新人物往來社發行。編輯問我：知不知道早雲這個武將呢？他開啟了戰國時代喔。小田原（Odawara）城本來是他的城喔。正因為我就住在小田急線（小田原急行電車）旁邊，所以這些都是常識；而他的身世其實充滿了謎團……。所以一個摸不著頭緒的設計師，設計了這本書的封面。●《考拉集中營[87]（Cowra Prisoners of War and Interness Group）的突擊號》中野不二男[88]（Nakano Fujio）著，文藝春秋發行。這本書的編輯告訴我，這本戰記是寫給不知道戰爭的一代看的，要讓讀者知道這些戰俘為什麼要死……。一個在澳洲某某海岸墜機的零式戰鬥機飛行員，被捕後一直關在內陸的考拉集中營，但不知為何，突然一邊吹著軍號一邊逃亡，這種欠缺計畫的集體自殺，在澳洲的文獻上卻記載成武士的犧牲奉獻精神[89]，由於我對於這本書的內容充滿了疑問，所以封面也提不起勁設計，看起來沒有特色。●《大專欄：一百位作家，一百篇新專欄，一千張稿紙》找來這麼多有趣的人來寫文章，我想終究還是非常有趣。《小說新潮臨時增刊　84 SUMMER》則是完全以封面標題組成的封面。原田治插圖，新潮社發行，要我說明這是怎麼回事，譬如說少年漫畫用了一種便宜的「Tomazara」紙，紙質摸起來粗粗的，其實磅數不會很重，而我設計的本子就是一種像漫畫雜誌一樣的單行本，然後再直接把《小說新潮》雜誌的標題，直接拿來做雜誌招牌大專欄合輯的封面。我先做了一個模擬書本，怎麼看都覺得是以感覺的格調詮釋大專欄。●《深夜酒場的即興演奏》奧成達[90]（Okunari Tatsu）著，桑原伸之插圖，晶文社發行。內容一如書名，而負責插圖的桑原，是奧成的朋友。他常常畫像氣球一樣臃腫的胖子，離地一公分漂浮並靜止不動；這次則有一些變化。因為我希望他重畫，畫得有一點時代感。●《訪問這種工作》史塔茲·特克爾[91]（Studs Terkel）著，中山容[92]（Nakayama You）譯，特克爾的「工作」口述歷史系列這種書，在日本居然也有人買，而且還出到第二冊，為了能讓更多人買，我特地翻拍了第一集的封面，做為第二集的襯底，並且沿用前一本的排版樣式，做成這一本帶有奇特封面的書。扉頁有一張作者的照片，可能是理查·艾夫頓[93]（Richard Avedon）還是艾爾溫·潘恩[94]（Irving Penn）拍的照片，而且我記得好像還叫做「蹩腳演員」，但看了這張照片，就知道特克爾其實從事過許許多多的工作。這本書看起來好像神經很大條。●《手、眼睛、聲音》灰谷健次郎[95]（Haitani Kenjiro）著，坪谷令子插圖，理論社發行。已出過書盒版的作品要出平裝版，在我看來與其是拉低價格吸引讀者，不如說是出版社的策略。他們似乎從最近的社會趨勢中發現了重點。不僅是針對讀者，包括整個物流體系，都左右著書本與書本設計者的走向。至於令子小姐的插圖，則充滿著現代感，帶著詭異的餘韻。●《牧師的女兒：歐威爾小說集3》三澤佳子譯，晶文社發行。本書系被讀者投書批評，好好的文章卻被爛設計糟蹋，心想應該做一些補救，而全書系至此全部出齊。我會好好反省，下次一定會弄好。●此外還有蜻蜓叢書《聖經的世界》白川義員著。《現代的茶會》井上隆、梅原守、千宗室著。白川先生的照片，看起來很有魄力。

八月（七月因旅遊停刊）

我家院子的溫度好像比較低，最近夾竹桃的花才開始冒出一兩朵。面向外面大馬路的人家，院子裡的夾竹桃都已經開滿了花，所以算起來應該有一、兩星期的時間差。朋友柳生先生送我的倒地鈴（日本稱為風船葛），在他自己家裡已經長出大約三公分的氣球果，而在我家也只開出幾朵小小的白花而已。不過，花萼後面也長出了小小的球，過陣子這個球應該會長大吧。●《英國俳優物語：愛德蒙・堅恩[96]（Edmund Kean）的故事》大場建治著，晶文社發行。我記得在尚保羅・沙特[97]（Jean-Paul Sartre）劇作《堅恩》裡登場的演員堅恩，明明是一個帥到無與倫比的演員；歷史上真實存在的堅恩，難道是一個放蕩不羈的男人嗎？封面我放了他演出《理查三世》時的名場面版畫，他身上戴著錫片之類的金屬，整幅畫不是大紅就是大綠，看起來像是廉價明信片，所以我大膽地用了這張圖做為這本高格調評傳的封面。一場誇張的冒險。●《科學家能夠反省嗎？科學與社會的思想史》吉岡齊著，社會思想社Socio Books系列。透過原子彈，科學家明白自己的罪。這本書的藍色色版跟黑色色版有點錯開，讓這本書看起來有點像老花眼看到的事物，而這明明不是那麼嚴格的技術要求。●《需要與哀愁：墮胎生與死》，瑪格達・狄恩（Magda Denes）著，加地永都子譯，晶文社發行。書名落落長的一類，我把日文版標題拆成「悲しいけれど（雖然很難過）」、「必要なこと（仍有那需要）」兩行，並且分開來放在左右，然後就會發現後面一行字變大了。雖然令人難過，但還是需要去做不是嗎？●《燃燒吧！生態理想國民：這是「本來主義」的宣言》山本厚太郎[98]（Yamamoto Koutaro）著，芋蟲五郎插圖，晶文社發行。本書的扉頁上記載，所謂的「生態理想國民」（Ecotopian）就是指生態（Ecology）與理想國（Utopia）的混合字，也是本來主義的精神，而讓芋蟲君畫插圖，我設計整個書本，實在是令人發噱的搭配呀。●《了解第三世界（一）亞洲的世界》《（二）中東的世界》江口朴郎、岡倉古志郎、鈴木正四監修，大月書店發行。出版緣起中表示：「我們日本人對於第三世界的認識，是否真的很貧乏，而且還充滿偏見呢？」我預計全部五本都用吉田留衣子小姐和雨宮一夫先生兩位攝影師的作品當封面。●《鈴木忠志[99]（Suzuki Tadashi）對談集》Libroport發行。對談者包括別役實[100]（Betsuyaku Minoru）、大岡信[101]（O-oka Makoto）、磯崎新[102]（Isozaki Arata）、高橋康也[103]（Takahashi Yasunari）、月村敏行[104]（Tsukioke Toshiyuki）、土方巽[105]（Tsuji-kata Tatsu-mi）、三浦雅士[106]（Miura Masashi）、寺山修司[107]（Terayama Shuji）、勅使河原宏[108]（Teshigahara Hiroshi）、山口昌男[109]（Yamaguchi Masao）共十人，我把與談者並列在封面上，並將鈴木忠志以大級數字型擺在最中間，便完成了看似公寓住戶一覽或相撲排名表的封面。●《滿洲滯留命令》太田正著，草思社發行。作者原來是關東軍的軍官，接受命令留在滿洲執行撤退戰，我想沒有任何故事比這樣的遭遇更慘了。以前同一家出版社也出過《麻山事件[110]》，這是發生在一群被日本遺棄百姓身上的悲劇。所以出版社要求我做一個跟書中悲慘內容相反氣氛的封面。●《新媒體的逆說》粉川哲夫著，晶文社發行。據說編輯部努力嘗試各種方法去談，但終究還是無法使用白南準[111]（Nam June Paik）的作品。時間緊迫，只好從粉川先生那邊借來資料製作剪貼畫充數。●《視覺傳達的歷史》小威廉・艾溫斯（William Ivins, Jr.）著，白石和也譯，晶文社發行。我設計一本書，最重視跟編輯溝通後產生的第一印象，如果沒有這個第一印象，後面的工作就會非常難進行。而插圖或圖版的樣式，也是在同一階段決定的。接著再決定適合這本書的字體，這時候往往會另外拿出幾本書做為參考。於是我的腦海裡就浮現這本書大致的樣子了，但只要有一些差池，後面也會相當辛苦。比方說這本書的標題就非常冗長，連大到A5的開本也塞不下。讓我同時思考多件事情，後來將遺憾十年。●《大眾論》對談：富岡多惠子[112]（Tomioka Taeko）、西部邁[113]（Nishibe Susumu）著。大眾往往漂浮在一種不自覺的奇特不幸感之中。咦？那麼在直接連接法西斯的思考脈絡下，讓民眾不去想像遠大的志向也是必然。咦？那麼你們認為讀者的大眾化將推向一個極限，現在已經是作者的大眾化時代了嗎？我把文字塞滿了這本書的封面。●《跳舞吧！》岩田宏著，安久利得插圖，草思社發行。這本以昭和二十六、七（一九五一～一九五二）年為時代背景的青春小說中出現的人物，活脫脫就是我的兄姊輩呀！那些我嚮往的昏暗喫茶店，成為我想要為這本書建立的視覺基調。安久利先生屢次試圖拍攝神田一帶還保留當時面貌的老喫茶店如「Rampu」、「Ladrio」，據說常常被店員罵。●新潮社蜻蜓叢書兩本、新人物往來社兩本：《親鸞114的一切》二葉憲香115（Futaba Kenko）編，《向武田信玄學：人是城堡，人是石壁》上野晴朗著。從戰國武將的行動原理，看出經商的要領，是現在流行的類型。講談社學術文庫《木簡學入門》大庭修著，西北社《行善的邏輯》江頭稔著。西北社這一本怎麼看都好像不太對勁。

九月

暑假期間的工作，都終於有了成果。我每早五點便出門散步，舉目所見，頂多只有遠處零星的老年人散步，而住處附近的街道裡，還沉浸在一片寂靜之中。我下了淺草橋的車站，聽到了小男生們的腳步聲擾人，自己也不知不覺加快了腳步。我的心臟狂跳，所以慢下來深呼吸一口空氣。結果河上的船夫，用一種已經看到我剛才一切動作的臉色對著我笑。這時候東京灣岸的蝦虎還不夠大隻，小隻大概五公分，大隻大概十五公分，我總共釣到五十三隻，帶回去簡單處理一下，便做成了天婦羅吃下肚。甘味恰到好處，十分美味。吃飽好辦事。●《披頭四入門：五十三人的披頭四》講談社文庫系列。這是在舊版後面新增幾篇隨筆而成的文庫本，但我又不想因為這是文庫版而草率為之，所以怎麼做都感到不順。最後從斜角看過後，急急忙忙把裁切記號的位置重新調整後才送印。●《被壓迫者劇場》奧古斯多・波瓦[116]（Augusto Boal）著，里見實、佐伯隆幸、三橋修譯，晶文社發行。備忘錄上寫著：「加了話框的都可以做成書。」所以我把亞里耶爾・杜夫曼[117]（Ariel Dorfman）的《如何閱讀唐老鴨[118]》書籍設計所使用的排版也用在這本書上。漫畫用的話框怎麼說都是拿來裝對白用的，所以很適合用來傳達訊息。但是瀧田祐[119]（Takita Yu）常常在話框裡加上一些比方說帶子斷掉的木屐之類的圖，而且像索羅・史坦伯格[120]（Saul Steinberg）用凌亂話框圍起來的話，似乎也有幾分道理。這到底是為什麼？●《又見紳士同盟》小林信彥著，新潮社發行。《週刊產經》又開始連載詐欺遊戲。照例，河村要助的插畫還是進行得非常順利，我這邊也一樣。反正業主是產經，就騙騙他們的錢吧。●《狐狸的海燈籠》清水道尾著，梅田俊作插圖，金之星社發行。我前陣子得了講談社頒的出版文化獎的書籍設計類大獎[121]，周圍的人常常問我接案量是否因此水漲船高，我本來想回答沒這回事，結果果然有一個大肚子的女編輯來叫我設計這本書的書名標題字。我一邊流著冷汗一邊苦笑告訴她，到時候這本書上市，你可能已經放產假了，沒辦法直接把書拿給你，真是不好意思。這本書的插畫很漂亮，其實梅田俊作也是得獎作家[122]。●《花子，一路順風》如月小春[123]（Kisaragi Koharu）著，晶文社犀牛叢書。根據《朝日新聞週刊》指出，如月小春好像是現在年輕人心目中的偶像，所以我向另一個年輕人的偶像日比野克彥[124]（Hibino Katsuhiko）借了一幅圖當封面，這樣一來不就成了神氣十足的封面了嗎？●《唐九郎的陶藝教室》加藤唐九郎[125]（Kato Karakuro）著，新潮社蜻蜓叢書。雖然沒能仔細看內容，但這本書能問世我還是感到欣慰。書中大概講一些怎麼燒好一只茶杯之類的過程，迫不及待這本書上市。同時我也設計了《修學院離宮》田中日佐夫著，大橋治三攝影。●《性教育講座》米爾頓・戴蒙[126]（Milton Diamond）著，性教育研究所編譯，小學館經銷。我居然接得下這麼了不起的案子。從這本書的原文標題來看，性原來是這麼重大的決定呀。我翻開原書一看，盡是一些讓人目不轉睛的照片和例圖。如果是醫學書的話，這樣出版應該也沒問題。經銷商小學館的老鬪，一定是費了很大的心力，才定了「人類的性是什麼」這樣的副標題。●《從電影說起：第一部：男人篇》高平哲郎著，和田誠插圖，晶文社發行。訪問一群好男人，卻因為和田的插圖進度落後而延後發行。和田執導改編自阿佐田哲也[127]（Asada Tetsuya）同名小說的《麻雀放浪記》[128]就要殺青了，到時候他應該會自稱「前插畫家」吧？●《晴時暴雨》向井敏著，文藝春秋發行。向井敏好像是電通[129]（Dentsu）廣告公司的職員，而且是重度的書蟲，這本書原來的標題叫《讀書航海記》。望文生義是一本書海冒險記。把這本書帶給我的編輯萬玉邦夫（Mangyoku Kunio，一九四八～二〇〇〇）其實也以化名設計別的書，而且是玩弄活字於股掌之間的實力派，居然把這麼簡單的工作指派給我，這麼好的書他自己做不就得了？傷腦筋。●《動作片的下一步》山根貞男[130]（Yamane Sadao）著，草思社發行。「我們要留意的不是動作電影，而是電影中的動作。」看到這本書的封面文案，我恍然大悟。作者希望我把這本書做成昭和初年（一九二六至四五年）的風格，只要能避免時代錯誤都好。●《私說東京繁昌記》小林信彥著，荒木經惟[131]（Araki Nobuyoshi）攝影，中央公論社發行。他們要求把在《海》雜誌（已停刊）上連載文章的照片放大，但礙於本書篇幅而無法照辦。書中的照片多為街頭快拍，看起來相當有趣，一想到東京還有這麼多歷史建築還殘留到現在，便想到報紙廣告上的文案標語「東・京・再・發・現」，不知道出版社會不會給我這樣用。●《黎巴嫩：危機下的多文化國家》荒田茂夫著，朝日新聞社發行。聽說「黎巴嫩」原來是「美麗之國」的意思，而國土也大概只有岐阜縣那麼大。●《媒體造了什麼孽？》橋川幸夫著，Rockin'On 發行。●《亨利・詹姆士作品集》等等。

十月

現在正是丹桂開花的季節，而橘色的桂花往往讓我看了便覺得皮膚發癢，就像是一個化濃妝的女人，那一股臭味也令我退避三舍。以現在的流行語來說，簡直是「噁爛」。●《機器人社會下的管理與支配》鎌田慧著，青史社發行，定價一千四百日圓。鎌田先生接下來要每個月出一本書，工作量非常大。照例他希望封面上以手繪文字標註幾行說明，比方說：超管理社會下的問題，是你要服務人，還是機械？●《松平容保132（Matsudaira Katamori）的一切》綱淵謙錠著，新人物往來社發行，定價兩千日圓。●《與國籍歧視對抗：年金訴訟勝訴紀實》旅日南北韓僑民年金促進會編，凱風社發行，定價一千八百日圓。看來我的手繪文字也落入一個窠臼了，本來想在字與字之間的空隙插入自己指紋的放大圖，被他們拒絕。●《松浦總三[133]（Matsuura Souzou）評論集：大眾傳媒中的天皇——戰中～佔領下的大眾傳媒——記者與大眾傳媒》全三卷，大月書店發行，定價各兩千日圓。●《希特勒政權下的日常生活：納粹如何改變百姓的生活？》哈洛．佛克（Harald Focke）、烏夫．海瑪（Uwe Reimer）著，山本尤、鈴木直譯，社會思想社發行，定價兩千日圓。我故意把納粹宣傳部長戈培爾（Paul Goebbels）跟希特勒少年團（Hitler-Jugende）遊行的照片以相同的明度與反差色重疊，不想看這本書的人會以為封面只是胡鬧一通，想看這本書的人就會感受出第三帝國的肅殺之氣。●《與哈姆雷特乾杯！》小田島雄志著，堀內誠一插圖，晶文社犀牛叢書系列。這本書叫做「與」哈姆雷特乾杯，而不是「向」哈姆雷特乾杯。在這種小處下工夫，更顯出小田島先生的獨有氣質。而堀內先生的插圖也乾淨俐落，才覺得放在封面大方，被人家一講才發現，我把一片黑色的書名標題字直接放在插圖上，反而讓整個封面看起來像葬禮。●《安迪有話說》安迪．魯尼[134]（Andy Rooney）著，井上一馬譯，晶文社發行，定價一千四百日圓。

聽說魯尼在美國就像是鈴木健二[135]（Suzuki Kanji）那樣的大人物，即使是日常大小事都可以講得頭頭是道。而且這本書好像還出了續集。●《從電影說起——第二部：女人篇》高平哲郎著，晶文社發行，定價一千日圓。當然是上一本《男人篇》的續集。本來應該要讓書中被提起的女星列名在封面，在落版的時候卻沒有發現少列一個名字，僅向當事人為我的忙中有錯致歉。●《音樂未來通信》三宅榛名[136]（Miyake Haruna）著，晶文社發行，定價兩千一百日圓。我希望可以做出一本小而美的書。我保留了頂端不整齊的裁切塞進書衣內側，再加上這本書採取輕裝版，封面插圖也漂亮到前所未見，工作起來十分愉快。三宅小姐在設計版面上，也提供相當多的協助，不知道做出來會怎麼樣。●《農民理想國遊記》亞歷山大．恰亞諾夫[137]（Aleksander Chyanov）著，和田春樹、和田明子譯，晶文社選書，定價一千兩百日圓。●《光的傑作》Libroport編。在某電器大廠贊助下，我為一個照明設計師的作品集設計封面。有時候就是莫名其妙冒出這種案子給我做。定價不明。●《男裝的麗人：川島芳子[138]（Kawashima Yoshiko）傳》上坂冬子[139]（Kamisaka Fuyuko）著，文藝春秋發行，定價一千日圓。我很驚訝居然到現在還有這種類型的書，感覺到滿洲國的鬼影飄來飄去。上坂小姐真是怪人，要求使用美術紙，書衣上亮面，並且盡量以原色排版。●《不知不覺成了騎手的太太》吉永美智子著，草思社發行，定價一千兩百日圓。連載於《優駿》雜誌上，也曾得過大宅壯一[140]（Oyake Soichi）紀實文學獎的作品，內容就寫在書名上。一個本來想要成為口譯員的女大學生，卻走上了截然不同的道路……。這本書的插圖還是找了堀內先生負責，風格跟之前晶文社的哈姆雷特完全一樣，怕又把書做壞，便請他從內頁插圖挑一張給我用。●《非洲之旅：米翁波森林的另一端》伊谷純一郎[141]（Itani Junichiro）著，講談社學術文庫。●《女性的工作：現在最閃耀的一百二十二種行業》Miss Interview 編，文藝春秋發行，定價八百八十日圓。很多外來語的工作都是女生在做的呢。●《好想吃好吃的法國菜》萩原葉著，草思社發行，定價一千兩百日圓。這次又跟堀內誠一搭檔，他是我的每月一星。而且，他也擅長畫跟法國有關的插畫。只是不管怎樣我對美食書都會先抱有反感。●《閱讀街道：首爾》榎本美禮著，World Photo Press 發行，定價九百八十日圓。以前我也做過同一書系的書，這是另一本。旅遊書的變種，柳生弦一郎的插圖。●《波本街》澤木耕太郎[142]（Sawaki Kotaro）著，新潮社發行，定價一千日圓。由於這部作品還在《小說新潮》上連載，便開始考察小島武畫的插圖，實在麻煩。他為什麼要畫那麼大的插圖，大到排版用格放機都擺不下，我想說不定是他有什麼隱情，或以此做為社會上生存之道。●《Session Talk》山下洋輔[143]（Yamashita Yosuke）著，新潮文庫發行。以前在冬樹社發行的單行本，我記得是很灰暗的封面，所以縮小做成文庫本，封面希望可以明亮一點。如同業主所說，非柳生——平野搭檔不可。●《特別高等警察[144]體制史：社運鎮壓取締的構造與實態》荻野富士夫著，關田書房發行，定價不明。

十二月

上個月放假，工作堆積如山，本專欄的連載也將告一段落。本來想要檢討今年一年來的工作表現，總之還是先寫幾本書。●《披頭四：你給我的愛[145]》上下集，彼得・布朗（Peter Brown）與史提芬・甘恩斯（Steven Gaines）合著，小林宏明譯，早川書房發行。●《德國人書信集》華特・班雅明藏，丘澤靜也譯，晶文社發行。班雅明收集各個時代德國民眾的書信。今後電話將重新被書信取代。●《以秋葉原特色思考住宅方向》石山修武著，晶文社發行。我明明不想再去想關於住宅的事了……。●《充滿錯誤的大學入學考

（修訂版）》宮崎尊著，南伸坊[146]（Minami Shimbo）插圖，草思社發行。●《阿爾卑斯山登山鐵路》池內光雅、武內豐、加山昭等著，新潮社蜻蜓叢書。●《ELLE法國餐點百科》竹內迪也、鎌田昭男著，新潮社蜻蜓叢書。很久沒有親臨封面攝影現場監工。這本書還包含了很多雜學。●《托洛茨基[147]（Lev Trotsky）流亡生涯》尚．范．埃熱努爾[148]（Jean van Heijenoort）著，小笠原豐樹譯，草思社發行。托洛茨基私人秘書的敘事體回憶錄。卷末附有伊薩克．多伊徹[149]（Isaac Deutscher）等人對於作者列舉書目的指正列表。●《嗤笑雜誌》岩田健三郎圖文，冬樹社發行。請各位務必去書店翻一翻這本書。除了書腰以外，這本書沒有用到半個鉛字或照相排版，內文完全是一個字一個字手寫而成。封面當然也一樣圖文並茂，既然他都做成了，我也只需要調整尺寸而已。向岩田先生致敬。●《金字塔裡有自動販賣機!?物品的文化誌》日高敏著，晶文社發行。●《小丑必修課》小林信彥著，白夜書房發行。我至今已經設計過幾本小林先生的書了呢？●《如果雉雞也不叫》谷澤永一著，集英社發行。極度尖酸的評論集。那麼，書名中的「雉雞」指的又是誰呢？●《蚯蚓學校》高橋幸子著，思想的科學社發行。柳生弦一郎的插圖被大家稱讚，但我手繪的標題也很可愛喔。●《無法成為披頭四傳奇的男人[150]》高尾榮司著，朝日新聞社發行。不知何故，到了年底日本就會開始流行披頭四。書中刊載了林哥・史塔（Ringo Starr）加入前的樂團照片[151]。●《當孩子交朋友的時候》雅琳・理查斯（Arleen Richards）與艾蓮・威利斯（Irene Willis）著，片岡忍譯，晶文社選書。我不得不自我吹噓一下，《朝日新聞》週日版刊登過關於這個書系的介紹，還附上了書的照片。●《這樣選車是錯的！八五年版》德大寺有恆[152]（Tokudaiji Aritsune）著，草思社發行。每次都是在一年到頭的時候設計這本書。我以前在泰國曼谷坐到的日本計程車，都是那種快要變成一堆廢鐵的破車；而本書介紹的失敗範例，也多是這類的車。我從泰國回來的時候，接的是這系列的第幾本呢？●《金屬棒凶殺案[153]》佐瀨稔著，草思社發行。各位讀者還記得那個可怕的命案嗎？我在這本書的封面用了具有類似金屬棒質感的銀色紙面，並以黑色的手寫字構圖。然而銀色紙面會亂折射，導致印刷機的感應元件失焦故障。而且顏料在這種紙上的乾燥時間比較久，據說讓印刷廠大傷腦筋。●《現在誰都很寂寞》片岡義男著，角川文庫發行。片岡先生難得打電話來找我談，才以為無可奈何的下一刻，腦海中已經浮現了理想的封面設計。他說，因為你可靠，所以你想怎麼做，就怎麼做。●《卡巴拉與反歷史：格斯霍姆・肖勒姆評傳》大衛・拜勒（David Biale）著，木村光二譯，晶文社發行。●《大酒店：西部文化史》理查．厄爾多斯（Richard Erdoes）著，平野秀秋譯，晶文社發行。●《世界奇人錄》傑羅伯．納許（Jay Robert Nash）著，小鷹信光譯，草思社發行。再做幾本就準備過年了，今年還來不及反省，就已經做了這麼多書。

45 林光：一九三一～二〇一二，作曲家、指揮家。曾為新藤兼人（Shindo Kaneto，一九一二～二〇一二）與大島渚（Oshima Nagisa，一九三二～二〇一三）執導的多部電影譜寫配樂。

46 安西水丸：一九四二～二〇一四，插畫家，與作家村上春樹（Murasaki Haruki，一九四九～）私交甚篤，經常合作出書。

47 岩瀨成子：一九五〇～，兒童文學作家。受今江祥智啟發開始從事兒童文學創作。

48 亨利．詹姆斯：一八四三～一九一六，美國出生，浪跡歐洲，死於英國的小說家。心理小說始祖。

49 長岡輝子：一九〇八～二〇一〇，劇場演員、導演。在電影或電視劇中多半擔任配角。

50 阿信：NHK一九八三至八四年於週一至週六晨間時段帶狀播出的「連續電視小說」，每集十五分鐘，全二九七集。日本電視史上收視率最高（五二．六％）、播放國最多（六十八國）的電視劇。

51 堀內誠一：一九三二～一九八七，平面與出版設計師、繪本作家。代表作為《an.an》及《POPEYE》等雜誌的刊名標題字。

52 喬治．歐威爾：一九〇三～一九五〇，英國社會主義小說家，在《動物農莊》（*The Animal Farm*，一九四五）中以馬克思思想抨擊史達林（Joseph Stalin，一八七八～一九五三）的共產極權。遺著《一九八四》在冷戰下的蘇聯、中國、東歐等共產集團國家都被封殺。

53 大橋步：一九四〇～，插畫家兼服裝設計師。曾與村上春樹合作專欄。

54 植木等：一九二六～二〇〇七，日本一九六〇年代風靡一時的喜劇演員，Hana Hajime & The Crazy Cats 樂團吉他手。

55 北畠清泰：一九三七～二〇〇三，朝日新聞編輯委員、社論主筆之一。曾在報上大篇幅報導二戰期間日軍強制徵收慰安婦問題。

56 Mako 岩松：一九三三～二〇〇六，日裔美國演員，本名岩松信（Iwamatasu Makoto），十五歲隨父親移居紐約。在美國片《珍珠港》（*Pearl Harbor*，二〇〇一）中飾演帝國海軍大元帥山本五十六（Yamamoto Isoroku，一八八四～一九四三）。好萊塢星光大道上有其簽名與手印。

57 聖保羅砲艇：一九六六年美國歷史片，由拍過《西城故事》（*West Side Story*，一九六一）與《真善美》（*The Sound of Music*，一九六五）的勞勃．懷斯（Robert Wise，一九一四～二〇〇五）導演，史提夫．麥昆（Steve McQueen，一九三〇～一九八〇）與甘蒂絲．柏根（Candice Bergen，一九四〇～）主演。為了呈現一九二〇年代的中國風光，全片外景於台灣基隆港、淡水港、艋舺一帶拍攝。

58 殺手壕：一九八〇年美港合作作品。成龍加入嘉禾公司後，以此片進軍好萊塢。

59 格斯霍姆．肖勒姆：一八九七～一九八二，以色列思想家，專長為猶太神秘主義（Qabbalah）。

60 漢娜．鄂蘭：一九〇六～一九七五，德裔美國政治哲學家。親赴以色列耶路撒冷旁聽以色列當局對納粹軍官艾希曼（Adilf O. Eichmann，一九〇六～一九六二）的審判，並提出「平庸的邪惡」（Banality Evil）論點。

61 免田榮：一九二五～，一九四九年一月，警察以涉嫌上個月底發生的夫婦劫財命案為由，逮捕時年二十三歲的免田，一九五二年確定判其死刑，期間經過五次聲請再審失敗後，終於在一九七九年重新開庭審理。在免田提供足夠不在場證明，以及檢方刻意遺棄證物、警方屈打成招，以及對證人的誘導性審問三個條件，一九八三年法院終於裁定免田無罪釋放，並支付九千餘萬賠償金。免田出獄後，即致力於廢除死刑運動。

62 鎌田慧：一九三八～，記者、紀實文學作家、社運人士，積極參與護憲與反核活動。

63 田中角榮：一九一八～一九九三，日本第六十四～六十五任首相。任期中歷經日中建交、石油恐慌、南韓政治家金大中誘拐事件，下野後因洛克希德民航機收賄事件退出自民黨。

64 小林信彥：一九三二～，大眾作家，曾虛構出美國作家威廉・C・佛拉納岡，以文章探討西洋人誤讀日本文化的現象。

65 烏蘇拉・勒瑰恩：一九二九～，美國女性科幻小說家，曾一度拒絕宮崎駿改編其奇幻小說代表作《地海戰記》（*Tales From Earth Sea*）系列，日後吉卜力順利取得改編權，宮崎駿便全權轉交毫無動畫經驗，原本從事建築業的長子吾朗執導，上映後雖創年度票房紀錄，也被多家媒體評為年度十大爛片。

66 布萊恩・歐帝斯：一九二五～，英國「新浪潮」科幻小說家。皇家勳章得主。

67 片山敬濟：一九五一～，日籍韓裔，競技摩托車手，為日本奪得多座國際大獎。

68 以薩克・巴樹維斯・辛格：一九〇二（四？）～一九九一，波蘭出生的美國猶太小說家，作品以波蘭猶太人使用的意第緒希伯來文（Yiddish）書寫。一九七八年諾貝爾文學獎得主。

69 電影版楊朵：一九八三年美國上映，芭芭拉・史翠珊自導自演，以一九七五年在百老匯上演的百老匯音樂劇為基礎改編，於一九八四年的金球獎獲得最佳導演，法國電影配樂巨匠米榭・勒格杭（Michel Legrand）的編曲，則獲得同年金像獎最佳配樂。

70 戰國時代：在此指一四六七年的「應仁之亂」至一五六八年織田信長殺進京都為止的日本歷史分期。

71 關西口音：主要指京都府、大阪府、兵庫縣神戶以東等地居民的日文口音及方言。

72 文字處理機：可視為日文打字機，為日本所獨有的數位化設備。由天價的專業機種演變成便宜方便的手提機種，最後被筆記型電腦取代，二〇〇一年完全停產。至今日本仍有為數不少之死忠支持者，也有二手買賣、再生、維修的店家。

73 新書開本：又稱B40，為B6（一〇八乘上一八二毫米）的變形，短側為B6的五分之四（一〇三毫米）。日本獨有的書籍開本規格，此開本的書籍多為時代新知、社會現象類。

74 K.M.裴頓：凱瑟琳・溫蒂・裴頓女士，一九二九～，與負責插畫的丈夫麥可・裴頓（Mike Peyton，一九二一～）合用的筆名。主要創作適合中學以上青少年閱讀的小說。

75 內田修：一九二九～，外科醫師。資助許多爵士樂手、活動、展演場所，並擔任來日樂手的隨行醫師。日本爵士樂史上的重要人物。又稱「Dr. Jazz」。

76 河村要助：一九四四～，東京插畫家協會（TIS）會員，日本最具代表性的插畫家之一。

77 摩登爵士：有別於大樂團為主的搖擺樂（swing），從二次世界大戰期間形成的咆勃（bebop），到小號手邁爾士．戴維士（Miles Davis，一九二六～一九九一）一九七〇年左右開拓所謂融合爵士（fusion jazz）為止，美國各種爵士流派的統稱。

78 草月Music Inn：一九六〇年前後於東京草月藝文中心（由草月流華道〔花藝〕本家興建）舉辦的爵士音樂會，為東京藝文與音樂場域最前衛人士的集散地。

79 和田誠：一九三六～。插畫家、隨筆家、動畫家。長期繪製《週刊文春》封面。

80 市川猿之助：歌舞伎演員名號，至今已傳到第四代（未必世襲，多半以世家、門人的表現決定是否賜名）。本書中所指的是第三代猿之助（一九三九～，本名喜熨斗政彥〔Kinoshi Masahiko〕，第二代猿之助之孫，「超級歌舞伎」發明者，現已引退，改號猿翁〔第二代〕）。

81 島尾伸三：一九四八～，攝影作家。

82 松尾芭蕉：一六四四～一六九四，江戶時代前期的俳句作家。在日本以外的地方，被視為俳句的代名詞。

83 阿嘉莎．克莉絲蒂：一八九〇～一九七六，英國推理小說女王。大英帝國二等勳章（DBE）得主。

84 石橋湛山：一八八四～一九七三，前帝國陸軍少尉、記者、第五十五任首相（任期兩個月）、前立正大學校長。戰前批判帝國的殖民政策，戰後致力於與中國建交。

85 工藤直子：一九三五年生於台南州東石郡朴子街（今嘉義縣朴子市）。知名兒童文學、童詩作家。漫畫家松本大洋（Matsumoto Taiyo，一九六七～）之母。二〇〇四年曾訪台尋根，並造訪父親生前擔任第六任校長的朴子國小。

86 北條早雲：一四三二？五六？～一五一九，又名伊勢盛時（Isei Moritoki），戰國時代初期（室町時代中後期）武將，第一個「戰國大名」（藩鎮）後北條氏創始人，領地包括現在的東京都東半邊，以及附近千葉、神奈川、埼玉等地。

87 考拉集中營：位於澳洲新南威爾斯（New South Wales，NSW）考拉市的第十二集中營，收容軸心國、朝鮮與台灣戰俘，並持續經營至一九四七年遣送所有日義籍戰俘為止。後來澳政府於原址興建戰俘墓園與紀念公園（南半球最大日本式庭園），並定期聯合舉辦追思會。

88 中野不二男：一九五〇～，紀實作家。曾受澳洲政府資助研究澳洲原住民發展史，回國後主要從事航太科學方面的技術報導。

89 一九四四年八月五日凌晨，空母飛龍航空隊零戰飛行士官豐島一（Toyoshima Hajime，一九二〇～一九四四，澳洲緝捕的第一個日本戰俘）深信戰時的愚忠精神，無視集中營的人道待遇，試圖率眾逃亡，但逃亡戰俘只能使用金屬工具與鐵棒，隨即被澳軍以火力鎮壓，共二百三十一名日本戰俘死亡，離開營區的日本戰俘也全數被抓。這起逃亡事件在當時的日本被徹底封殺。

90 奧成達：一九四二～，爵士小號手、次文化評論家、作家。

91 史塔茲·特克爾：一九一二～二〇〇八，美國口述歷史作家，普立茲獎紀實文學類得主。

92 中山容：一九三一～一九九七，翻譯家，日本模仿美國六〇年代抗議民歌運動的幕後推手，曾翻譯鮑伯·狄倫（Bob Dylan）全詩作。

93 理查·艾夫頓：一九二三～二〇〇四，美國時尚攝影大師。

94 艾爾溫·潘恩：一九一七～二〇〇九，美國時尚攝影大師。

95 灰谷健次郎：一九三四～二〇〇六，兒童文學家。以描寫貧窮下的兒童見長，不惜深入刻劃階級社群歧視，引發社會騷動。

96 愛德蒙·堅恩：一七八七～一八三三，英國傳奇莎劇演員。

97 尚保羅·沙特：一九〇五～一九八〇，法國存在主義哲學家、小說與劇作家。「終生同居人」為女性主義革命家西蒙·波娃（Simone Beauvoir，一九〇八～一九八六）。

98 山本厚太郎：一九四八～，創作歌手、電視劇演員、作家、大學教授。學術主攻地球生態問題。

99 鈴木忠志：一九三九～，日本戰後新劇場運動旗手。其開發身體訓練法在台灣也被許多劇場導演與演員實際使用。

100 別役實：一九三七～，劇作家、兒童文學作家、評論家。日本荒謬劇場第一把交椅。

101 大岡信：一九三一～，詩人、評論家。前日本筆會理事長。法國榮譽軍團勳章（L'ordre national de la légion d'honneur）得主。

102 磯崎新：一九三一～，日本代表性建築大師之一。

103 高橋康也：一九三二～二〇〇二，英國文學專家。

104 月村敏行：文藝評論家川瀨孝（一九三五～）之筆名。

105 土方巽：一九二八～一九八六，「暗黑舞踏」鼻祖。

106 三浦雅士：一九四六～，出版編輯、文藝評論家、舞踏研究家。

107 寺山修司：一九三五～一九八三，和歌詩人、劇作家、導演。平生創作不計其數，廣受傳播媒體歡迎。

108 敕使河原宏：一九二七～二〇〇一，華道草月流第三代家元（總館長）。大學時代傾倒於前衛藝術，曾執導多部藝術電影（其中一九六四年拍攝的《砂之女》獲得坎城影展評審團大獎），並從事陶藝、劇場與庭院設計以及書法等創作。

109 山口昌男：一九三一～二〇一三，文化人類學者。

110 麻山事件：一九四五年八月十二日，住在滿洲國的日本一般百姓（大部分為婦孺）在黑龍江省避難途中，遭蘇聯軍隊與滿洲國叛軍團剿，最後集體自殺以保晚節，共四二一死。

111 白南準：一九三二～二〇〇六，韓裔美籍藝術家。先後於日本與德國留學，並以紐約與西德漢堡做為主要據點。「錄像藝術」（video art）始祖。

112 富岡多惠子：一九三五～，詩人、小說家、文藝評論家。女性主義者。

113 西部邁：一九三九～，由共產主義激進派轉向的保守論客、思想家。專長為大眾研究。

114 親鸞：一一七三～一二六三，日本佛教「淨土真宗」初祖。允許比丘娶妻食肉。

115 二葉憲香：一九一六～一九九五，日本古代佛教史學家，歷任京都女子大學、淨土真宗西本願寺寺塾龍谷大學校長。

116 奧古斯多．波瓦：一九三一～二〇〇九，巴西劇場導演。受布雷希特與史坦尼斯拉夫斯基（Constantin Stanislavsky，一八六三～一九三八，蘇俄劇場理論家）啟發，致力於以戲劇介入政治，因發表《被壓迫者劇場》遭巴西親美軍事政權逮捕，並一度流亡阿根廷。死前接受聯合國教科文組織（UNESCO）頒發國際劇場大使頭銜。

117 亞里耶爾．杜夫曼：一九四二～，阿根廷出生的智利裔美籍作家，美國杜克（Duke）大學拉丁美洲文學教授。

118 如何閱讀唐老鴨：杜夫曼與比利時左翼傳播理論權威阿曼．馬特拉（Armand Mattelart，一九三六～）一九七一年在智利社會主義政權下聯名發表的迪士尼、美帝、大眾文化批判論集。一九七三年智利發生軍人政變後，本書被集中銷毀，但外文版在世界各地擴散。

119 瀧田祐：一九三一～一九九〇，另類漫畫家。

120 索羅・史坦伯格：一九一四～一九九九，羅馬尼亞裔美國單格漫畫家，代表作為《紐約客》雜誌的封面《從第九大道看天下》（*View of the World from 9th Avenue*，一九七六年。將紐約人天真的世界觀表露無遺）。

121 講談社出版文化獎：一九七〇年起每年頒發，入圍作品由業界、書店、讀者票選，並由評審委員選出最優秀作品。現在共分為插畫、攝影、書籍設計、繪本四大類獎項。本書作者於一九八五年以木下順二（Kinoshita Junji，一九一四～二〇〇六）劇本《本鄉》的封面設計，獲得第十五屆書籍設計獎。

122 梅田俊作夫婦以《城門城門幾丈高》獲得同年講談社出版文化獎的最佳繪本大獎。

123 如月小春：一九五六～二〇〇〇，劇作家，一九八〇年代以跨界小劇場轟動一時。

124 日比野克彥：一九五八～，就讀東京藝術大學期間，以紙箱藝術風靡一時。曾參加威尼斯等國際雙年展。

125 加藤唐九郎：一八九七～一九八五，陶藝家。一九六〇年因早期偽造之鎌倉時代（永仁二年，一二九四年）陶器被揭發，於翌年喪失「無形文化財」資格。

126 米爾頓・戴蒙：一九三四～，夏威夷大學榮譽教授（性科學）。

127 阿佐田哲也：一九二九～一九八九，本名色川武大（姓名取自《金瓶梅》中的「武大郎」），以筆名阿佐田哲也發表麻將等各種賭博小說，被譽為昭和「雀聖」亦即麻將之聖。人生如筆下之人物一般放浪形骸，耽溺於杯中物與賭博。

128 麻雀放浪記：一九八四年。由原作第一集改編。故事以戰後的日本為舞台，以十三張麻將奇招對決為主，心理戰為輔。和田誠刻意以黑白攝影呈現出戰後的混亂氣氛。

129 電通：世界最大廣告公司之一。

130 山根貞男：一九三九～，影評、漫畫評論家、翻譯家。精研古典大眾電影。

131 荒木經惟：一九四〇～，日本戰後代表性攝影師之一，以「私小說」、「偽日記」風格影響攝影界。二〇一三年，因前列腺癌併發症導致右眼失明，仍持續攝影活動。

132 松平容保：一八三六～一八九三，陸奧國會津藩（福島縣、新潟縣、櫪木縣等地）末代藩主。一八六八年，於會津戰爭大敗，歸降明治政府。

133 松浦總三：一九一四～二〇一一，時事評論家。一九六〇年代後日本的反天皇、反戰急先鋒。

134 安迪・魯尼：一九一九～二〇一一，美國CBS電視網新聞節目「六十分鐘」（60 Minutes）資深評論員。五度獲得艾美獎。

135 鈴木健二：一九二九～，原NHK電視新聞主播，曾即時播報一九六四年東海道新幹線通車，以及一九六九年阿波羅十一號（Apollo 11）登月現場實況。同時也是節目主持人與隨筆家。

136 三宅榛名：一九四二～，作曲家兼鋼琴家，美國茱麗亞音樂學院（The Julliard School of Music）畢業，專精現代音樂演奏。

137 亞歷山大・恰亞諾夫：一八八八～一九三七，蘇聯農業經濟學家，死於史達林政治迫害。《農民理想國遊記》為一九二〇年發行的時空穿梭科幻小說，過度樂天地預言一九八四年的農業蘇維埃烏托邦。

138 川島芳子：一九〇七～一九四八，滿洲鑲白旗人，肅親王十四女。八歲跟隨大陸浪人川島浪速赴日求學。一九三〇年代，於上海等地從事諜報活動，被國民黨同時視為漢奸與禁臠。

139 上坂冬子：一九三〇～二〇〇九，紀實文學作家，保守系評論家。

140 大宅壯一：一九〇〇～一九七〇，記者、筆鋒潑辣的評論家。紀實文學獎由日本文學振興基金會在其死後創辦。

141 伊谷純一郎：一九二六～二〇〇一，人類學、靈長類學、生態學家。一九八四年獲得英國皇家學會頒發人類學最高榮譽赫胥黎獎（Thomas Huxley Prize）。

142 澤木耕太郎：一九四七～，旅遊作家，攝影評論家。天涯行腳「深夜特急」系列被譽為「自助旅行者的聖經」。

143 山下洋輔：一九四二～，享譽國際的日本爵士鋼琴家之一，也執筆創作多本隨筆與小說。曾於一場公開演奏上穿著消防服演奏燃燒中的鋼琴，直到鋼琴整台解體。

144 特別高等警察：帝國政府為打壓左傾（社會主義、無政府）思想而成立，直屬於內務省的國家警察機關。一九二五年起至美國入侵日本之間，以《治安維持法》持續監控並虐殺異議人士；麥克阿瑟統治日本期間，被解散的特警分別被分發至不同政府機關，繼續為美國打壓日本的社會主義運動。

145 《披頭四：你給我的愛》：一九八三年英國發行之披頭四傳記，涵蓋團員的青春時代至藍儂死亡間的各種內幕。作者布朗曾擔任披頭四的經紀助理，甘恩斯為美國記者。

146 南伸坊：一九四七～，插畫家、平面設計、漫畫家，「路上觀察學會」成員。

147 托洛茨基（Lev Trotsky）：一八七九～一九四〇，烏克蘭出生的蘇俄革命思想家。蘇聯國父列寧死後，被史達林等六人組成的政治局（Politburo）挾強勢武力逐出蘇聯帝國，流亡墨西哥期間成立「第四國際」，以對抗史達林的「第三國際」；得到畫家狄耶哥·李維拉（Diego Rivera，一八八六～一九五七）與芙烈達·卡蘿（Frida Kahlo，一九〇七～一九五四）夫婦接應落腳後，以墨西哥城為據點持續向世界發聲，其中又以「不斷革命論」（一譯永續革命論）影響後世最鉅，先主導了六〇年代西方與日本的各種「革命馬克思列寧主義」學潮；在華沙公約國變天之後，仍不減其影響力。托氏百般算計，究竟逃不過史達林想殺誰就殺誰的「瓜蔓抄」式追殺，家人親信多難逃一劫，最後自己也被史達林派出的臥底鑿穿腦殼慘死。中國共產黨創黨者陳獨秀（一八七九～一九四二）被第三國際開除黨籍後，便成為中國托派的先鋒。

148 尚·范·埃熱努爾（一譯海耶諾特）：一九一二～一九八六，美國數理邏輯史研究家。出生於法國的荷蘭移民家庭，於一九三二至一九三九年間擔任托氏的秘書及保鑣。一九三九年赴美成為第四國際領導人，遭遇麥卡錫主義打壓，被迫遁入學門。最後在托氏喪命的墨西哥城被第四任妻子殺死。

149 伊薩克·多伊徹：一九〇六～一九六七，波蘭裔英國猶太新左翼專家，其《先知三部曲》（*The Prophet Armed: Trotsky, 1879-1921; The Prophet Unarmed: Trotsky, 1921-1929, The Prophet Outcast: Trotsky, 1929-1940*）以第一手資料詳盡描述托洛茨基的生平，被以托派自任的社會主義者奉為聖經。

150 「披頭四的第五人」：一、史都華·薩克利夫（Stewart Sutcliffe）：一九四〇～一九六二，原披頭四貝斯手，在披頭四簽唱片約前退出，並留在德國漢堡讀書陪女朋友。於披頭四三訪漢堡演出的前一天死於腦溢血。二、彼特·貝斯特（Pete Best）：一九四一～，前鼓手之一。重回音樂圈前，一度擔任公務員。

151 披頭四的前身「採石工」（The Quarry Men）。

152 德大寺有恆：一九三九～二〇一四，前賽車手，日本最負盛名的汽車評論家。本書系自一九七六年推出以來，已推出超過三十集。

153 金屬棒凶殺案：一九八〇年底，發生在神奈川縣川崎市的一起弒親案件。幸福的一柳家有了自己的新房子，屢試不第的大學重考生兒子，卻在用球棒殺死自己的中產父母後自首，並於一九九七年刑滿出獄。社會上多半指向升學競爭，但本起命案也凸顯了日本高度經濟發展下精神文明的喪失。攝影師藤原新也（Fujiwara Shinya，一九四四～）在結束其十餘載的「印度放浪」後，回到人事已非的日本，有鑑於一連串光怪陸離的社會案件，於其力作《東京漂流》（台灣中文版由臉譜出版發行，SOURCE書系）中獨自進入凶宅拍照，記錄理想家庭荒廢的過程，並以文章提出其觀點。

二億光年の孤独

谷川俊太郎

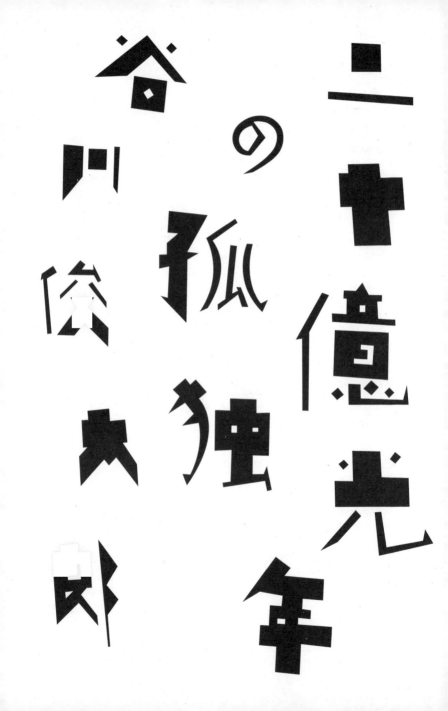

空気の音楽

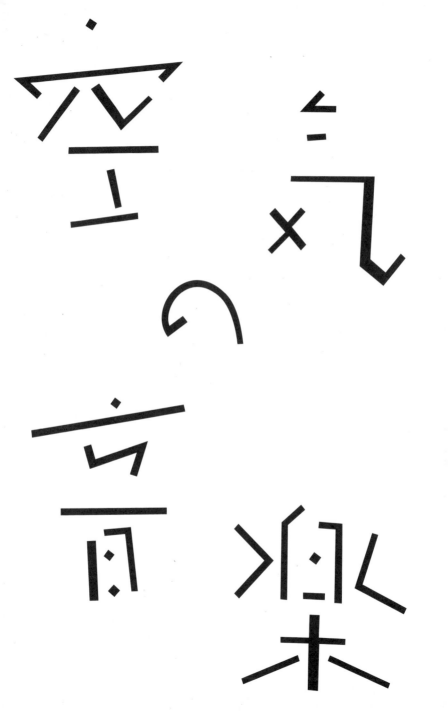

和書籍設計相關的行業

本づくりの周辺

《Graphication》一九八三年二月號

設計師的社會地位

——書籍並不只是訊息的堆積，而具有物品的性質。至於書籍的平面設計，我認為已經是一個跨越了訊息與物品兩種領域的世界；而平野先生便是活躍於這個世界的佼佼者，所以在此想請教您的設計哲學。首先，關於書籍設計方面的技術，現在已經發展到什麼樣的程度呢？

這次我為了製作《平野甲賀：書籍設計之書》（Libroport 發行），以底片翻拍了我歷來設計過的所有書，全部約有一千三百本，而我又把其中大概八百本拿去武藏野大學在課堂上放。本來是以時間順序排定自己的工作，但我認為在技術上其實是很曖昧的。

要賦予一本書固定的形象，首先要有三個條件：作者、出版社，以及設計者。出版社有編輯與執行者，還有業務人員；社長則握有資金。資金決定工作的難易度，而我初期的工作往往受到業主的壓力，可以看得出作者與設計者都比較弱勢。如果以我的工作觀點來看，可以從同一出版社的出版量，看出各家出版社的業績高低，也就是說業績越好的出版社，書就出得越多，而且設計就越五顏六色，也勇於採用材質較好的紙張。而技術也因為這樣的需要而進步。

同時，如果一本書賣得好，作者比較有發言權，設計者也顯得重要，同時出版社也比較不會多施加壓力，漸漸變成支撐作者與設計者的角色。

所以設計一本書，與其說是技術上的問題，更應該說要看當時的經濟狀況，以決定設計性的比重與方向。比方說建築師川合健二154（Kawai Kenji）就曾經說過，身為一個建築師應該思考並且實行的課題，不是等待社會的變化，而是如何依照不同的經濟構造，去建造不一樣的建築物。我想這也是其他領域的生產者面臨的課題。在生產的情形下，首先要把經濟的問題當成重點，那麼技術說不定就只是一個結果而已。

——而資金確實是保障技術成立的條件。

川合先生還以點子或先見之明舉例，總之那都與執行力有關。技術水準的高下，都受到執行力的左右。所以我的所有作品都稱不上「技術即藝術」的等級，當我看著自己作品的幻燈片，就會越來越不敢看下去（笑）。

——那麼同學的反應又如何呢？

大家的反應還是沒什麼特別，對我也沒有特別的意見。他們只問我在製作那些白水社與 Misuzu 書房的書時有何想法之類。

我回答這些設計只想強調內文原有的性格，並不需要為了競爭而故意做得鮮豔；而這也是我的設計理念。因為我做的都是一些長銷書，所以要考慮在書店擺久了讀者也不會膩的方向，就很自然而然把書本設計成那樣了。但是有時候書本會設計成那樣，還是因為沒有足夠的設計費（笑）。設計成果是否能讓讀者百看不厭，左右一本書的銷路，但我又不想把所有事情都與賺錢扯上關係。

——請問您的設計特徵？

為了設計這本作品集，我與同行杉浦康平155（Sugiura Kohei）進行一場對談之後便發現，兩人做法上確實有些不同。我的工作流程從他看來充滿各種疑問。比方說我不事先設計，卻做了這麼多本書。所以作品量大，便可以說是我的設計特徵吧。

——但是現在仍然有許多委託案找您執行，我認為可能是因應時代的需求……。

這我也不大清楚，如果以我不喜歡的話來說，可能就是工作輕鬆，而且沒有特別毛病。

我認為杉浦先生則是把所有的書本全部帶進自己的小宇宙之後，再開始設計那些書。我沒有這種核心，也不打算做得十全十美。我不斷讓自己的世界適應現在的社會，可能就是我能設計這麼多書的原因吧。但是我並不知道，這樣的想法是否為普遍的觀念。

——如果書籍設計也可以當做一種訊息，對於適應社會中的您來說，您想透過書本傳達的訊息又是什麼？

我為了這本設計集，請了幾個朋友寫文章；其中高橋悠治先生就指出，現在已經不如過去從事反對運動的時代，只會閉門造車討論思想、方向之類的話，而更重視生活的風格，並且思考改變生活風格的方式；生活的風格本身就是一個值得討論的問題……。他說的完全沒錯。我的書籍設計中浮現的，便是我的生活風格。這也是我的設計原則之一。所以我的設計絕不強加賦予訊息，以表現我的風格。

我現在的設計型態非常簡化，之後可能會變得像法國伽利馬出版社[156]（Éditions Gallimard）的書一樣，簡單到只有白底黑字。

另外，活字與排版文字也讓我感到一種威權感，那麼我就改用手繪文字。

——您認為自己是以一種相對於高科技的低科技在工作嗎？

我不太清楚所謂的高科技是不是那些跟我想像的簡單技術對立的技術。而我發現手工製程未必與電腦作業對立。文字處理機用起來很輕鬆，但我用文字處理機打出來的文章還是相當原始。

我知道有一種有趣的毛線編織機，稱為「手編機」（笑）。用這種機器可以模仿出手織毛線的感覺，所以我感到非常矛盾。此外，備前燒157（Bizen-yaki）的陶藝家之中，有人試著用電腦調整窯內的火候，以造成「窯變」的效果，而在我看來這也跟手編機出自同一種發想。所以如果把電腦作業與手工作業想成是對立的流程，我認為是行不通的。即使形式上有矛盾，但我覺得結果還是一樣。有人把針織當成毛線編織的信仰，而手編機的出現便打破了這種信仰。

此外，還有一種所謂「實用之美」，而所謂「實用性」最近看來也漸漸流行起來。比方說以前有一種傳統農家用的大棉褲非常實用，但穿這種褲子是無法參加晚宴的。在宴會的社會中，實用的服裝是宴會服，這時候大棉褲顯得不實用，不屬於實用於此的服裝。

換句話說，實用的範圍正在漸漸擴增。

不過換個想法，大棉褲也可能變成一種流行，這時候便已經超乎實用性的範疇。在以前，在某種程度上書本來是實用品，而書籍設計一度被認為是一種輔助實用性的附屬品。但是我最近發現越來越不是這樣。

所以，要問我的設計服務了什麼，我大致會說是透過一個形體，把自己的生活風格帶進一個群體之中。我更不可能像杉浦先生那樣，只表現出自己的小宇宙。我認為所謂的生活風格無法從外部評量好壞，只能靠自己親身體驗才能知道是好還是不好，我不得不堅持這一點。最近我不太接劇場的案子，也是因為跟劇場的風格不合的關係。

——這種變化也是出自您對亞洲的關注嗎？

也算是。不過我也不過去過一次泰國而已。那時候我發現一件有趣的事情是，那邊的計程車幾乎清一色都是日本車。一上車會發現地板有破洞，還是車門只是用鐵絲纏住讓它不致掉下來，總之很多車都像廢鐵；但是這些車還是照樣在跑。我看到這樣的景象，回到日本之後的第一個案子，便是《這樣選車是錯的！》（笑）。泰國馬路上在走的車，從我們看起來都不太對勁，而日本人選車往往吹毛求疵，這種文化落差其實帶給我很大的震撼。

就是因為兩邊都很奇怪，所以才去構思如何填補這種奇怪的現象，而且不想同時處在這兩種狀況之中。我選擇的出發點，就是剛才講到的生活風格方面的問題。所以我的亞洲主義並不是追尋文化的根源，而是在迅速的工作中不失樸素，類似一種原住民手工藝的生活風格。

——您將這種生活風格，從書本的設計貫徹到建築，而據說您最近又開始研究陶藝。

我開始捏陶才不過一年左右，最近整天腦子裡只想著陶器。陶器只要一個人就可以完成，所以我都不假手任何人。燒出來的成品，早就超過實用性或實用美之類的領域了，不過那都沒有關係。

——但另一方面，做書又屬於一種團體工作。請問您如何將陶藝與書籍設計連在一起？

我透過陶藝去做一些做書無法完成的事，所以陶藝是一種面對自己的工作。如果沒有面對自己的部分，那麼我想團體的工作也將很無聊。

——那就表示，您認為設計師的工作，就是與多少人合作，以及往何種方向合作的集合嗎？這樣的工作內容，跟出版社的編輯一模一樣，只有「賦予書本視覺形象」這一個大前提不一樣。

可能喔。有些人的確把編輯與書籍設計兩種工作畫分得很清楚，但是在我而言，並不做這樣的區分。我總是若無其事地一邊跟編輯閒聊，一邊透過各種方式揣摩出對方的想法，對方現在想要用何種狀態出這一本書？這本書的作者想要以何種形式，將這本書推銷出去？我最想知道的只有這一些方針。只要一有方針，才會有技術上的課題。

當然我無意直接表現作者或編輯的生活風格，但是只要我不知道對方是怎麼樣的人，在思考什麼的話，就無法勝任這個工作。所以對我來說，與編輯、作者對談是重要的手續；沒了這道手續，要我單純從事設計的工作，我會覺得無法發揮。

——現在有很多跟隨杉浦康平風格的後起之秀，但很少人走平野甲賀風，是否也是這個原因呢？

是這樣的呀？我的設計就是我的生活風格，所以我想我還是做自己覺得最合適的作品就好了。

（訪談者：田中和男）

154 川合健二：一九一三～一九九六，建築師、能源專家。無師自通研究壓縮機，受建築巨匠丹下健三（Tange Kenzo，一九一三～二〇〇五）指名設計多項建築計畫的空調系統。波浪型房屋（corrugated house）發明者。

155 杉浦康平：一九三二～，平面設計大師。音響品牌鐵三角（Audio-Technica）商標設計者。

156 伽利馬出版社：成立於一九一一年，以出版文學作品為主。

157 備前燒：岡山縣備前市伊部一帶出產的陶器，又稱「伊部燒」。日本六古窯之一，特色是不上釉與各種窯變。

一張大臉

大きな顔

《波》一九八五年三月號

我現在的心情既不是謙虛也不是自鳴得意，但是從業以來的代表作終於推出了！有人會問我為什麼要這樣，不過這真的不是我要自誇。在有限的作業時間與預算下，能表現出來的不都只是一些想到就做，而且不一定合乎主題的設計嗎？這樣的設計只會越看越覺得遺憾而已……而這也是我多年來的煩惱，不論對一本書還是對於自己的工作，都有種說不盡的悔恨。然而我也要重申，這便是我的著眼點。基於各種制約（包括我的能力所限），背負各種矛盾，直接面對一本書的設計工作。這是一件理所當然的事。認為這才是設計的精髓，並且持續關注其上，是我多年來書籍設計論的根柢。

在此我要提到的是紀念文集《一張大臉：小野二郎[158]（Ono Jiro）其人其事》，晶文社發行。因為這本書是非賣品，所以一般人不可能輕易看到，便在這裡稍微說明。一九八二年春，小野二郎老師突然走了。他生前是威廉．莫里斯[159]（William Morris）的專家，曾經就莫里斯的各種裝飾藝術在各種領域——包括書籍在內——扮演的角色寫過很多文章介紹。老師生前大部分的書都由我負責平面設計，像是《紅茶要放在托盤上》（晶文社）、《裝飾藝術》（青土社）之類的書，尤其是接觸到《裝飾藝術》中的鮮明設計論時，我便止不住心中的緊張，也為自己身為設計者，同時感到幸福與恐懼。

奇特的書名「一張大臉」指的其實就是小野老師的臉。所以我在設計上也不敢掉以輕心。內頁書頂無裁切，是沒有書衣、將封面封底切口內折後直接和書本身黏在一起的平裝本形式。我刻意做成平淡無奇的平裝本，但是扉頁刻意下工夫，在土黃色的直紋紙上印上莫里斯式的楊柳壁紙圖樣，雖然紙本身就不同了，但盡量透過印刷呈現出近乎真品的質感。但可能因為書名手繪文字的關係，整本書看起來很不平衡。說來一九八二年也是我開始在封面使用手繪文字的時期，漢字看起來還可以含糊過關，但平假名還是不大漂亮。我本來想透過手繪文字表達一種快活的感覺，即使我想要把封面撕掉，那個手繪文字卻還是在扉頁上以較小的尺寸出現，對此我深感遺憾，是當初的一大失策。

今年三月起，晶文社決定連續發行《小野二郎著作集》全三集，編輯來找我討論書本的設計。我便表示將放在《一張大臉》的延長線上設計，而且也是平裝本……。

要我做出皮革書背、封面燙金、大理石染紙的內頁、染金的切口、含書盒……的精裝本，將是一件很痛苦的事。我不想做一本可以點綴書櫃的精裝本，但也不表示小野老師的書就適合做成平裝本。只是這個時候，我偏要把這本書做成後者，因為這本書非讀不可，而我也想透過這本書學習一些知識。想要結束的事情就以後再說吧……。這就是我對於「不平衡裝訂」的回答。當然我在封面與扉頁的設計上，仍不會流於隨便。扉頁至少要使用兩種顏色，全三集就有三種組合。細節必須逐一仔細處理，並且有始有終。我想在過去的粗糙手繪文字上，施以自己喜歡的做書工藝，做出我心目中的小野老師，喜歡與否，請讀者自行判斷。

158 小野二郎：一九二九～一九八二，英國文學專家、思想家，晶文社創辦者之一。

159 威廉・莫里斯：一八三四～一八九六，英國詩人、「當代設計之父」、英國社會主義者同盟（Socialist League）創辦者，奇幻文學始祖。

我的選書　私の一冊

《東京新聞》一九八六年三月十日早報

我是一個平面設計師，工作以書籍封面設計為主，一般稱我為書籍設計師。所以我的工作場所總是堆滿了書。編輯會叫我參考自己設計過的書，所以房間裡也有自己的作品。

來我工作室的人常問，房間這麼多書一定很麻煩吧？你每本都要先讀過才能開始工作吧？我只好含糊帶過。封面表現的內容，絕不能由設計者一人獨斷獨行，而理所當然地應該照著書本的內容去設計。設計者本來應該要信任出版社的販賣方針與編輯人員，但實際上往往處在意見不合的狀態。就如同和田誠先生所說，設計一本書的時候「大部分線索得自書中的細節」，所以我往往要求出版社先印校對稿給我試讀。

但是也有要求作者讓我設計封面的時候。比方說很早以前的《長谷川四郎160（Hasegawa Shiro）全集》全十六冊。

我是在書店翻到一本名為《隨筆丹下左膳161》的有趣薄書，才知道長谷川四郎這個作家。之後我任職於晶文社，開始從事做書的工作，並且知道《長谷川四郎全集》要出了，便從頭開始讀起。我上次這樣從第一頁開始讀大部頭的書，是中學時代花一個暑假，讀完吉川英治162（Yoshikawa Eiji）的《宮本武藏》。當然這時候時間條件上並不允許我一口氣讀完全書，但是早期作品如《鶴》或《張德義》，我早就不記得反覆讀過幾遍。

我記得當時《長谷川四郎全集》是由他兒子元吉設計的。全書裝入貼標書盒，書盒貼標上還印著很大的（可能是爸爸的？）手印，並以當時流行的實體藝術（optical art）風格完成，我看了並不覺得喜歡（對不起作者）。但是這四本書還是放在我書架上的貴賓席，有朝一日我將重新設計這套書的平面。

第一次與四郎先生一起工作，是在我負責宣傳部與舞台設計的「六月劇場」製作改編自卡夫卡（Franz Kafka）作品的《審判：銀行員K之罪》時。我們特別投契，他甚至招待我去他位於櫻上水的住處，一起喝酒到很晚，還一起合唱爸爸作詞、兒子作曲的〈軍隊之歌〉與〈時間之歌〉。

最後終於等到四郎先生的詩集《原住民之歌》（晶文社）。這本詩集的前面是一連串短歌與短詩，後面則是富岡多惠子寫的後記〈堅強之歌〉。對我來說，這些歌謠都是堅強的夥伴，在搭電車的時候，我也常常從口袋中拿出來輕聲朗讀。所以我主張這本書既有小開本與柔軟的封面用紙，又是一本耐翻的書，牽強地合乎我的主張去設計，卻導致定價高於預期，並採限量版形式發行。一本詩集卻要背負這麼多的矛盾，也收錄在全集的第十三卷之中。

160 長谷川四郎：一九〇九～一九八七，歷史小說家。二戰後曾被蘇聯俘虜。全集發行於一九七六至一九七八年之間。

161 丹下左膳：長谷川四郎的長兄海太郎（一九〇〇～一九三五）一九二七年以筆名「林不忘」發表的時代小說主角，為獨眼獨臂劍客。系列作品自默片時代起便多次被改編成電影，並由多位男星扮演左膳角色。

162 吉川英治：一八九二～一九六二，大眾小說家。《宮本武藏》執筆於一九三五至一九三九年間。

寫生師的工作

ものを見てかく手の仕事

《小說新潮》一九八八年三月號

我現在正在設計鮎川哲也主編的罕見偵探小說集《魁儡審判》（晶文社發行）。編輯部的人正在向我強調這本書的內容有多麼獨特（雖然我也知道市面上還有很多類似的書）。「這些小說的作者，幾乎都已經不在了吧？」「大部分是，不過也有一些還活著……可惜這個地味井平造[163]今年一月剛過世。」「地味井平造，這個名字聽起來真平庸。」「難道你不知道地味井就是你設計過書的那位長谷川先生的……」「對喔！一郎叫做比利，二郎叫做吉米，三郎叫做史坦利，四郎叫做亞瑟。所以你說二郎也走了呀？我還以為他都只有畫畫而已……」「結果你根本沒有看嘛。」「我會開始看！」

在四郎位於櫻上水的住所，可以看得到潾二郎的畫作。大約十號大小的油畫，用暗色調畫一隻縮在椅子上的貓。「你看，這隻貓沒有鬍鬚喔！」四郎先生看起來笑得很開心。我問：「該不會是忘了畫吧？」他抓抓自己的白髮：「也不是。」

很久以後我又看了一幅畫。我曾經拜託一家舊書店，如果有林不忘《一人三人全集164》（橫尾忠則165〔Yokoo Tadanori〕封面設計，河出書房發行）的話，請一定要通知我。書中有一幅畫，畫中有一個似曾相識的幽暗街角，仔細一看才發現，有一個穿著黑色外套的大個子男人，就隱藏在褐色的牆邊。這是一幅奇妙的畫。

當然四郎先生也喜歡「寫生」，也就是常常畫圖。我在設計《長谷川四郎全集》（全十六卷，晶文社）封底的時候，都會收到作者送來的畫。每幅畫幾乎都是筆法俐落的黑白速寫（因為多半是鉛筆畫），也有一些是以水彩或油彩完成的，那些畫看起來也很有趣。其中一幅讓我印象非常深刻的畫，畫著一個地平線上的太陽，不知道是要上升，還是要下沉？只見一條大紅色夾在暗綠色之間。他問我：「怎麼樣？」我也不知道應該怎麼說……。「從你的本行也有些想法吧？」即使我覺得四郎先生有趣，這時候我卻想不出該說什麼。因為那種扭曲的線條、奇妙的配色、鐵線般的簽名、歌詞……都是四郎先生獨有的特色。

「如果你看了一部作品，最好不要與作者見面。但是長谷川四郎例外。」我想他就是這樣的人。

四郎先生戴著初次見面時就有的扁帽，穿著大漁祈福旗剪裁而成的襯衫隨風闊步遠去。而我的手頭上還留著許多的長谷川四郎。

163 地味井平造：長谷川四郎的二哥潾二郎（Hasegawa Rinjiro，一九〇四～一九八八）早期的筆名。封筆後成為畫家，擅長畫貓。

164 一人三人全集：長谷川海太郎分別以「牧逸馬」、「林不忘」、「谷讓次」三個筆名創作推理小說、時代小說與西部冒險小說。

165 橫尾忠則：一九三六～，生於兵庫縣。插畫家、平面設計師、藝術家。一九六〇年，引領日本廣告的設計重鎮「日本設計中心」（Nippon Design Center, Inc.）成立，龜倉雄策、田中一光、永井一正、宇野亞喜良等眾星雲集。年輕的橫尾忠則躬逢其盛，有幸加入這個充滿刺激的環境，並開始摸索自我風格。隨後，他與宇野亞喜良以及原田維夫離開公司合組工作室Studio Ilfil。此時他受美國漫畫與廣告插畫家影響，開始追求樸拙的手繪質感，並參與創立東京插畫家俱樂部，努力讓插畫家正名，成為一個社會主流可以接受的行業。同時他也宣揚插畫的藝術價值，希望插畫可以脫離設計功能性，獨立獲得社會承認。

六〇年代是日本地下文藝的狂飆時期，由於和田誠、杉浦康平、粟津潔等不少設計界前輩替前衛藝術製作設計，追隨時髦的橫尾忠則也經常到前衛重鎮草月藝術中心朝聖。他不但和作曲家一柳慧、秋山邦晴等人合作實驗動畫，與寺山修司共同創立天井棧敷劇團，並參與京都勞音、土方巽、唐十郎狀況劇場等許多表演藝術團體的海報創作。這些工作幾無收入，卻是橫尾忠則少數可以擺脫廣告界種種束縛放手自由發揮的空間。就在這時候，橫尾忠則透過絹版海報這種表現形式建立起他最具代表性的美術風格，進而引發歐美注意，創造生涯第一波高峰。起初橫尾忠則並沒有獲得日本設計界認同，而海外的肯定對他一生的發展影響甚鉅。他用色鮮豔，轉化傳統的俗麗風格被譽為日本的安迪．沃荷、普普藝術先鋒，一九七二年受邀在紐約現代美術館（MoMA）召開個展。

與此同時，橫尾忠則的插畫工作曝光機會越來越多，在國內開始受人注目，暢銷流行雜誌《平凡 PUNCH》特別製作專題報導他。害羞又好出風頭的他開始上電視綜藝節目、參與電影電視拍攝，甚至在大島渚的電影《新宿小偷日記》（新宿泥棒日記）中擔任主角，展開多棲跨領域的身分。這種跨界的舉動屢屢出現在他的生涯前半，使得橫尾忠則與純粹的插畫家或設計師區隔開來。他替三島由紀夫的文學連載畫插畫，也替暢銷漫畫雜誌《少年 Magazine》做封面；他迷披頭四和嬉皮文化，同時幫演歌製作俗又有力的海報；他替電視連續劇設計片頭字幕，也參加三島由紀夫的傳記電影《MISHIMA》演出。雖然日本文化在商業流行和藝術性之間原本就不是那麼界限分明，但是像橫尾忠則這樣從商業領域跨界積極參與多元藝文活動的確實不多。這些經驗既俗氣又前衛、既噱頭又冷門，混合出一種不僅止於媚俗（kitsch）的美。

六〇年代末，他前往美國旅行接觸到當時正盛的紐約藝壇，並與紐約廣告插畫家彌爾頓．格雷瑟（Milton Glaser）、藝術家傑斯帕．瓊斯（Jasper Johns）等人交遊，同時開始接觸迷幻（Psychodelic）風潮。藥物經驗與迷幻搖滾不但對他之後的風格造成很大的影響，也開啟他長期關注超自然與身心靈的興趣。他不但訪探許多超能力者、尋找幽浮，自己也參與打坐，拜會許多禪學大師，並多次前往印度。這個愛好甚至還延伸至七〇年代替搖滾巨星山塔那（Carlos Santana）等人製作唱片封套的經典設計。

橫尾忠則另一個重要代表性在於刊物美術編輯。從擔任《八卦特集》美術總監開始，他陸續協助政治雜誌《週刊安保》、漫畫雜誌《少年 Magazine》製作封面，一直到後來短期擔任時尚雜誌《流行通信》美術總監，並與三宅一生合作巴黎時裝週的邀請函設計長達二十三年。他在版面設計（Layout）與裝幀翻頁等表現方式上進行了許多實驗，深深影響後來 CAP 的美術總監藤本泰等日本美術編輯後進。同時，他也與諸多日本知名攝影師合作，包括早田雄二、鋤田正義、篠山紀信等，替細江英公的三島由紀夫攝影集《薔薇刑》再版做裝幀設計也是他最具代表性的作品之一。

受到全球矚目後，他開始負責更大型的合作企畫，包含日本萬國博覽會「纖維館」展館設計、比利時國立二十世紀芭蕾舞團（由莫里斯．貝嘉領導）米蘭斯卡拉劇院公演《酒神》劇場設計等，活躍於國際舞台，並受邀參加巴黎、威尼斯、聖保羅等各國雙年展。

八〇年代後，橫尾忠則認為商業設計束縛太多，轉往當代藝術發展。早自六〇年代開始，他就以插畫家和平面設計師身分在畫廊與美術館召開聯展與個展，然而他想擺脫過去的形象重新出發。他嚮往八〇年代西方新繪畫（New Painting）的具象風潮，開始投入藝術創作。近年以巴黎卡地亞當代藝術基金會為首，於日本國內外的美術館多次召開個展。

他的小說《Blue Land》曾獲泉鏡花文學獎。其他主要著作有《邁向印度》、《疾病之神》、《波特里加特之屋》、《TADANORI YOKOO》、《冒險王》等等。並獲紫綬褒章、旭日小綬、朝日賞等授勳與獎項。二〇一二年十一月橫尾忠則現代美術館（Y+T MOCA）於神戶成立，二〇一三年七月豐島橫尾館也誕生，他的藝術成就得到最高肯定。（橫尾忠則自傳《海海人生!-》，台灣中文版由臉譜出版發行，SOURCE 書系）

2

理想的日文字典

理想の日本語辞典

《思想的科學》一九八七年二月號

1　漢字的形體

基於工作需要，我常常使用字典。我從編輯部拿到標題，把它以手繪文字呈現，為了讓照相打字行知道那些字是什麼意思，並且避免人家會錯意，不但要一一寫清楚，也要把每個文字的意思都查清楚，其實就是因為我原先不懂那些字的意思。

所以我這時候要用的反而不是國語辭典，而是查漢字用的漢和字典。比方說這個字屬於艸部，那個字屬於水部。我手頭上用的漢和字典是中學時代就一直在用的，一直用到現在，因為已經用習慣了，查起來就很方便。這本字典已經被我翻爛了，所以最近又去新買了一本旺文社出的字典，新字典用起來也不錯。

——請問從平野先生的觀點來看，如何去區分好用的字典和不好用的字典？

好不好用，要看尺寸拿起來順不順手。

以前我常常自己亂讀，當我讀一本書的時候，看到讀不懂的字，常常就會直接跳過去（笑）。但最近我終於覺得這樣下去不行，所以必須一個字一個字查（笑）。

——進入書籍設計的具體作業之後，也需要用到字典嗎？

會。尤其是需要使用手繪文字的時候，筆畫順序或是粗細比例不是很重要嗎？這時候就需要各式各樣的字典。

這時候我會用到的是這本《漢字書體字典》（野薔薇社）。這本字典把每一個字都拆到最小單位說明。另一本是《圖案文字大辭典》（大文館書店），則是將文字圖案化說明的字典。但這兩本都已經是舊書了，有點難應付最近的狀況。像「雜」這個字，如果由日文漢字「雑」去拆解，絕對拆解不出來。查了漢和字典就可以查到舊字了。

所以我需要的是這種字典，還有「字體由來」的字典，也就是解釋漢字如何變成現在樣子的書。我最近正打算收藏這樣的書。

——這樣的書也在設計上發揮功用嗎？

不，只是為了好玩。我就是喜歡漢字的構造呀。前陣子才發現晶文社犀牛叢書的那個「犀」，其實是尸字裡藏了一頭水牛。所以犀牛就是披著盔甲的水牛，但實際上是怎麼樣我又不見得知道（笑）。但是日文中的漢字還有另一種文字的奧妙。比方說「原爆」的「爆」，就是火字旁加一個暴力的「暴」不是嗎？這樣大家就知道這是什麼意思了。

——您的手繪文字會不會出現少寫一畫（笑）的情況呢？

還是有。我以前就想過，日本漢字「経済」的「済」這個字，為什麼從「水」部。右上又有一個「文」呢？日本簡字改成這樣，完全讓人摸不著頭緒。另外，「齊」或「齋」之類的同音字，其實有各式各樣的種類[166]，但未必都有那個「文」字，我根本不知道他們為什麼要分這麼複雜。所以我想要透過查字典找出原理，因為我相信一定有跡可循。

2 仔細檢查設計

——今天我們準備了一本岩波書店的《國語辭典》，以及《廣辭苑》請您評價一下……

這兩本我剛好都有。《國語辭典》我已經有好幾本了，只要我孩子亂拿，我就會再買一本（笑）。這本的封面現在做成白色嗎？以前還是很淺的綠色。至於《廣辭苑》，在我工作室這邊幾乎已經是擋書在用的，也就是說，我只要把它拿起來，其他的書都會倒下來（笑）。這麼厚的本子，還是容易從書背開始壞，不過我們又很難想像這樣的書得分冊出。

——那麼，您認為像《廣辭苑》這類的字典要變得更便於使用，應該要怎麼改進才好？

首先要減輕重量，但這是一件不可能的事。這種頁數[167]要做得輕，首先紙張也要經過慎選。這種紙大概多少磅數呢？

還有就是這個扉頁用紙的質感很差。怎麼會這麼硬？

不過話說回來，這本書的裝訂還算得上牢靠。一般字典不會像普通的單行本一樣，在封面和封底壓書溝。因為書溝是要拿來把內頁壓住的，所以書本一厚，這樣的設計就顯得沒用。

其實在製作書本的時候，我偏好這樣的做法，因為好翻。書背最好是圓背，不然這麼厚的書，如果做成方背就打不開了。話說扉頁的紙，還是軟一點比較好。

至於排版……其實這樣也好（笑）。設計這本書的人，當初除了文字的大小，還考慮過各式各樣的需求，絕不會想要把一本字典做爛。大家都想把這本字典做好，但偶爾還是會發生一些疏失吧。

不過像字典這種書，我們用久了就會發現書頁邊角會摺到，我不喜歡這種感覺，以前總是用手指把每一個摺角壓直。好像沒什麼辦法讓這些角角不要翹起來。

——外國的字典也像日本一樣有書盒嗎？

沒有。外國很少有書還用一個書盒保護的，可能是日本這邊的獨創。外國的字典只有書背會用皮革，據說這樣能保持整本書的形狀。以前我有過一本學童用的英語字典，那本也是皮革封面，相當牢靠，扉頁用紙也很厚。

——至於視覺上的設計呢？

我覺得還是不太好。我小時候的英語字典都是研究社發行的，他們出的字典就是又薄又高，我喜歡那種設計，還可以放進口袋隨身攜帶。只是他們的字典沒有什麼例句，就這一點讓我覺得不方便。但總之還是很帥。至於《國語辭典》或是《廣辭苑》……看起來就有一些醜了（笑）。不管是材質還是設計，看起來都充滿廉價感。

所以我有時候會想，只要再多走一步，就可以讓這些字典看起來更帥一點了。比方說，從各種意義來說，讓封面的文字排列跟配色更活潑一點。嗯，與其說這封面醜，不如說是不花心思設計。雖然這樣的設計比較牢固，像是能率手帳[168]那樣的話，我才不要咧（笑）。

——皮革封面的本子會比較貴，那麼關於封面的材質，您有什麼想法嗎？

其實這都不成問題……。

——紙張還是比較難選嗎？

看起來是。一本書拿在手上，會吃到手上的水分，而這對書籍而言是一大剋星。尤其是字典這類常常要拿出來翻的書籍。

我前陣子也聽過裝訂廠的人說過，日本的氣候跟地形對書本來說最不利，尤其日本很潮濕。最近很多人都在說中性紙有多好，但在日本還是需要花幾年時間觀察，才知道結果。

然後是紙張的顏色。我說的不是設計的好壞之類的品味問題。

而既然是日文字典，就必須是說日本話的設計，為什麼一定要朝這種方向努力呢（笑）。

——日文字典書背上印的書名，級數都很大。

對，比方說下面印了「岩波」什麼的字，我們自然望之卻步了不是嗎？這幾個字就好像水戶黃門的印籠[169]一樣。至於旺文社的出版品，總讓人覺得是考生專用。至於為什麼我要引用旺文社的《漢和辭典》，則是因為我對於岩波的字典總有一點排斥感，所以容易過度依賴這本（笑）。如果我工作上要用的話，可能還是會用旺文社的字典（笑）。

總之漢字就是一種必須記得才能用的文字，你必須要花時間背下整個形狀跟讀音，所以對學日文的外國人來說，是非常不方便的吧。

3 電腦時代的字典

我想再過不了多久，我們就不需要字典了。因為有電腦，或是打電話查一查就可以找到想要的資訊，並且把這些資訊列印出來。我想一定會朝這一步邁進的。有一些字典收進磁碟片裡，有需要的時候，就用鍵盤輸入想查的字，然後電腦螢幕就會馬上出現漢字和這些字的意思之類。所以到時候做書根本簡單得像放屁一樣（笑）。字典就是這一點最方便，我想絕對會有這種磁碟片上市。岩波書店如果也推出電子版字典，到時候就不是書籍設計，而變成包裝設計了（笑）。

——最近這類的案子有變多嗎？

現在我手頭上有一件《昭和史》的雷射影碟。他們挑選NHK等媒體保存的新聞照片或影片，做成全套十集的節目。

——那麼，將來還會有只能以書籍形式傳世的媒體嗎？

我想可能只有……經典文學。你翻閱以前那些文豪留下的作品，翻書的節奏是一個重要的環節，而且內頁的紙張文字也會老去，用磁碟片保存就失去意義了。一本書能保留下來的價值，也包括了翻頁的行為。所以書本就算不是拿來翻，也應該當做一種骨董之類收藏。書就像一個「物品」（笑）。訊息的取得，最後還是以方便為第一考量。

——書籍設計者的想法還是最激進的（笑）。

這麼一來，裝訂就將會變成專門因應那些出自個人興趣，想要把回憶「做成書」的人存在的服務業。

像是歐洲，除了書本設計者以外，還有一種行業叫做裝幀家，裝幀家專門製作藏書人想要永久典藏的書，他們把原書的封面封底全部拆掉，重新設計出更豪華的封面。至於日本的書本設計者，說不定也會慢慢朝這種方向前進。

——從平野先生對於書本設計的想法來看，是否也對於那樣的裝幀漸漸失去興趣了呢？

是有這種可能。即使現在的出版市場，是以書的設計決定銷路，但隨著出版型態的變化，我的工作內容也會慢慢改變。

——那麼您是否能淡然接受這樣的轉變？

我都沒關係（笑）。因為這些都是生意，只是我有需要以不同的想法去思考各種問題。

4　秘密的字典

但是字典這種東西就是會不時被盯著看，這也是一種趣味。

我這樣說，以前的裝訂，越簡單越受歡迎。你看到一本書，封面或書背上什麼都沒印，拿在手上沒人知道你在看什麼。字典這種工具書，就算不是每個人都可以用到，只要自己用起來方便，也就夠了。那麼封面只要印一片黑色之類的深色也就夠了。

——理想中的書本會追求輕巧與柔順的觸感，只有在書店陳列的時候有封面；而沒了這個封面，其他人光憑內封，並無法知道這本書的內容。

對。一本理想的書，你根本不可能隨便借人翻閱，就算有，也是萬不得已的時候不是嗎？只要一本書變成你的工具，你就不需要再去管書本的外觀。

我們前往手帳專櫃，會看到各式各樣的隨身手帳。為了挑出一本合適的用，通常我們會比較各式各樣的手帳，以及各式各樣的功能。我對於這樣的比較，懷有很大的疑問。

事實上與其說什麼使用方便，不如專挑自己喜歡的來用。這類的隨身手帳，就像是一本屬於你自己的秘密記錄一樣。

回到選擇字典，市面上有很多種字典，不管是旺文社、岩波書店還是研究社出版的，其實內容都差不了多少。

而選擇一本字典還是隨身手帳，往往受到當時的心情，或說精神狀態的左右。所以有時候我認為，書本的裝訂與設計，往往會影響買氣。

然而出版社或文具公司並不允許這樣的想法（笑）。所以只有它們提出要求做出有特色的裝訂設計，我才會照做。

此外，越是複雜凌亂的字典，就越被亂翻不是嗎？以前的捲菸紙都是從字典撕下來的。比方說有一些厲害的人，也會把英文字典依照單字順序，背完一頁便吃掉一頁（笑）。而最近的字典多半比較好翻閱，也不會用一用就從中間分成兩半，幾乎無懈可擊……。只不過在設計上太過於公眾性。

——也就是說，沒有神秘氣息。

我年輕的時候總是愛翻找一些女性性器官的名稱，事實上想查什麼就有什麼的字典，才是好的字典。

所以對我來說，想為《思想的科學》讀者說明我心目中理想的字典，我希望那是一本充滿秘密的全黑書本，封面最好一個字都沒有，頂多只能在書口上看見字母或部首的標示。

（訪談者：黑川創）

166 在日本公頒漢字中，姓氏使用的「齊」、「齋」，以及「濟」可能是舊體字；比較罕用的「臍」或「齏」則無更動或以假名直接表示。

167 參考：《廣辭苑》（第六版）精裝本與普通版均為三〇四四頁。

168 能率手帳：由株式會社日本能率協會（JMAM）管理中心開發的商用口袋筆記，特色為時間管理表格。一九四九年問世後，便不斷擴增種類用途。近年來又依照主要訴求分成多個副品牌。二〇一三年底改名NOLTY。

169 德川光圀（Tokugawa Mitsukuni；「圀」同國）：一六二八～一七〇一，江戶時代前期人物，德川家康之孫，常陸水戶藩（今茨城縣水戶市）第二代藩主。「黃門」指的是大內禁地（門楣多為黃色），為秦漢官制「黃門侍郎」之略，即皇帝的遞信官。幕末時代開始有講談師杜撰《水戶黃門漫遊記》，講述水戶黃門晚年辭官後，漫遊諸國伸張正義的故事。明治初期，大阪版新增兩個杜撰人物「助三郎」與「格之進」，遇到地方惡煞，先將之打垮，再拿出裝有德川家印信的黑漆盒「印籠」，讓這些壞官地頭蛇下跪投降。台灣一九七〇至九〇年代的許多電視劇，以及其後許多台港影視人才至中國拍攝的古裝劇，都明顯受到電視版《水戶黃門》的影響。華視《劉伯溫傳奇》在故事結構上，更完全抄襲《水戶黃門》，並以朱元璋賜劍取代印籠。

瓶の中の旅愁

小林恭二

福武書店

山猫の遺言

長谷川四郎

書版重新印刷成平面

裝丁をリトグラフに仕立て直す

由《藝術新潮》一九九二年六月號〈書版的再利用——平野甲賀的企圖與樂趣〉重新整理而成

以前我就常跟人家開玩笑，說要把沒有被採用的手繪字裱邊後做成掛軸，並且放在起居室當擺飾，雖然想起來其實也不錯……。真的確定要這樣做，也是前年底的事情；我設計了椎名誠[170]（Shiina Makoto）的《武裝島田倉庫》（新潮社），當我打開印刷廠送來的校正用印樣時，便覺得這個書版看起來很像作品，而且有一種可以順勢裱起來的感覺。

那陣子的身體狀況開始走下坡，左眼幾乎看不見，有時多少感到著急。所以就想趁眼睛還能用的時候做些什麼。當然，工作量也變得比較少。

我最近接手的案子之中，有不少人表示看不懂大西巨人[171]（Oonishi Kyojin）《神聖喜劇》我手繪的書名標題字，連責任編輯也因此被抱怨。但是大西先生對我毫無意見。我相信繪製書名標題字必須要讓人讀得懂；而我心目中的《神聖喜劇》，正是那種感覺。那套書，我前前後後總共讀了五次有吧。想來我執念越強的作品，設計也就越誇張，所以手繪文字也就越抽象……。

我是從擔任劇場美術的時候，開始從事美術字這一行的。設計海報的時候，為了要對應作品的氣氛，有時候使用勘亭流[172]映襯古裝劇，用昭和初期的字體映襯那個時空的戲，我從那時候開始引用各個時代的字體，以發揮宣傳的效果，不知不覺也受到刺激，便自己開始寫這些字了。起初只是表象地受到不同時代字體的魅力吸引，而逐一引用，還只不過是單純的「利用」而已；到了後來就變成咀嚼各個時代精華「再利用」的型態了。

現在廢棄物的處理不是很麻煩嗎？我們只要把廢輪胎稍微加工一下，便可以當成建材再利用。這個稍微便是一種重要的工夫。當我看到電視新聞上報導廢棄物再利用的時候，心中不免為之興奮，因為我本能性地喜歡這類故事。似乎是因為再利用思想就是我設計基礎的關係。

經過照相排版後，被修得工工整整的那些文字，已經成為任何人都可以安心使用的共通符號，得以穩定地存在於世界上。但是我有一股熱情，想要知道文字本身更進一步的意義，所以就想要自己動手畫。

比方說「父」這個字，自從由中國人發明以來，已被無數人使用，所以誇張一點說，當人們面對父這個字的時候，文字本身蘊含的歷史與故事，也全面地向我逼近。而我是出自於獨善其身的思考存在的，文字力不是由平野甲賀的「力文字」而生，而是出自本身那股遠遠超乎個人思想的力量……。

至於怎麼寫出來的文字才叫文字，雖然我常常把文字寫得快要脫離原本的形狀，但我為了得到合乎自我審查的文字，不僅順著文字本來的力量書寫，也將那些使我存在的經驗全部拿出來再利用，才能寫出有力量的文字。這都是由我的意識讓這些文字得以依照合適的型態誕生出來，而這也就是設計者工作的意義。

以技術論來說，我非常逃避完美無缺，一旦至臻完美，就表示我沒戲唱了。我想要寫出更加樸拙的文字，並且導引各種改變這些字的可能。說不定我們不需要移除那些真正的順暢感，而當我們堅信只有一種方法行得通的時候，事情就會一直順利走下去；但我還是覺得「我並不需要頑強抗拒改變」，這種態度、姿態對我來說還是必要的吧。

我把工作至今的所有作品的書版全部以平版印刷重印，便是一種將書本從有用的物品，轉化成一種無用物品（藝術）的再利用。有別於書本這種實用的集合體，我要做出像平版印刷品那種可有可無的東西。觀者看到這種無用之物，便能從書名與作者等資料知道，這張紙本來是從書這種有用工具再利用而成。說不定透過這種關係，觀者就會有興趣去書店拿起實體的書本看看。所以平版印刷並不是終點，我更期待這是一種循環般的構造。

另外，俄羅斯前衛運動[173]（Russian Avantgarde）時代的印刷品，也幾乎都是平版印刷。而且當時的技術還停留在分色或彩色製版以前的水準，所以漸層色都是描版而成，看起來很粗糙。但這樣的印刷技術正合我意，便想把自己的書版全都用這樣的方式印刷看看。

現在平版印刷卻很容易被視做高級品，像是什麼手動印刷六十色、細部的奢華質感等等。而且手工印刷又給人一種不必要的帥氣印象，事實上平版印刷本來就是分色以前的技術。再回到平版印刷本身，講得誇張一點，就是想要回歸印刷的原點，並使用機器而非手工一張一張印出來。這台機器也很不錯，是在激盪的一九三〇年代由巴黎出廠的自動平版印刷機，只不過稱不上精密機械而已……。

最近我的手繪文字跟書本設計風格，都已經誇張到自己無法預測的地步了，就好像漸漸往前人未至的邊界前進一樣……。

（訪談者：三好雅司）

170 椎名誠：一九四四～，大眾小說家、攝影師、電影導演，知名護憲人士。一九六八年與友人合組社團「踢翻東日本會」，成立目的只為了在日本大小離島營火自炊。

171 大西巨人：一九一六～二〇一四，小說家、評論家，畢生貫徹唯物史觀與馬克思主義思想，代表作《神聖喜劇》以自身從軍經驗為主軸，費時二十五年寫成，標題取自但丁《神曲》原書名（*La divina commedia*）。

172 勘亭流：源自於江戶時代的劇場看板專用書體。台灣對於「日本文字」的第一個印象。

173 俄羅斯前衛運動：從一九一三年帝俄境內的第一個「立體未來主義」聯展，到一九三〇年史達林大肅清為止，在俄羅斯帝國——蘇俄內興起的各種藝術風潮，其中不乏與西洋藝術前鋒接軌的藝術家與作品；列寧革命後成為革命的絕佳宣傳工具，乃至成立專屬藝術教育機構。列寧死後，則在史達林王朝「第一個五年計畫」的重工業化、集體耕作化政策與「文化革命」雙重打擊下，在蘇聯境內灰飛煙滅。

文字的力量

文字の力

一九九三年五月，費爾里・狄金森大學174（Fairleigh Dickinson University）

美術圖書館企畫展「HIRANO」

有人說，設計師是一種以「形」思考天地萬物的人種。對我來說，雖不中亦不遠矣。所以我總是依照順序開始一件工作，但結束就不一定了。形這種概念看似既有樣貌，事實上更加變換自如。

提到順序，一本書首先要看它的書名。標題首重魅力、魄力等條件。對於設計師來說，最重要的是文字的長相。所以說文字的意義不如文字的形體，並不為過。要選何種形體，而避開何種形體，是設計師揣摩標題意圖的第一步。

提到形，第一個多半會提到漢字，漢字就是一種非常具有視覺性的文字。這時候設計師不能光憑自己的喜好書寫，而只能由漢字本身帶有的意象去揣摩。本來每一個漢字都是一幅畫，據說在使用拉丁字母的人們看來，就像是結構主義（constructivism）抽象畫一樣美。儘管如此，對使用漢字的人們來說，漢字究竟是令人厭煩的具象繪畫。

也有一些漢字，本身就可說是一幅風景畫。平常會覺得習以為常，但仔細一看，會發現造形中蘊含著一股力量。文字中的描述力與象徵性，便能將形體與意義充分巧妙地解釋清楚。也就是說，不需要考慮形與意孰者為先、孰者為後，是一種要求感官解放才能得到的造形之妙。

然而幸福的時光只到此為止，不管是造形還是意義，都開始失去平衡，文字的不同零件開始相互組合，形成另一個文字。雖然組合文字是理所當然的趨向，組字的時候往往會流於隨興，並將意義強加於字體上，混亂往往就由此產生。如果已到這種地步，滑稽也將成為低級幽默、冷嘲熱諷甚至抹黑攻訐之類的各種手段，進入一種漫畫的世界（不是說漫畫就不好，我對於漫畫的功用給予極高評價）。漢字包羅萬象，從一幅靜謐的風景畫，到不堪入目的露骨格調，全都可以表現；漢字字數的增加，也往往無視於後人的需求。

我們日本的祖先，也參考中國傳來的漢字，開發出假名文字；平假名與片假名[175]，分別由女性與僧侶發明及愛用。表音文字四十八個，是為日本製造的ＡＢＣ；日本的國語從此誕生。至於假名文字由女性與僧侶（大概是下級僧侶）開發，其實是一件很有趣的事。如果遇到寫滿一堆漢字的文章，交給知識特權階級去讀就好了。難讀的漢字就附上假名注音。組句的順序也可以依照需要自由對調。然後，曾幾何時也與漢字平起平坐。只差一步就可以把漢字趕出日本，但是日本最後還是定調於漢字與假名並用的狀態，這是各位都知道的事情。

這時候我還是關注於標題字的形構與氣勢，但絕不會簡單到只以風景畫、漫畫或逐字的背景去分析；這時最該關注的點在於鑑識眼光，但還是要針對標題的可能指涉方向行動。

但文字終究是為了讓大眾認識才產生的，我並不故意導入個人的幻想。有一種主張強調，設計本來就應該是匿名的。這樣的意見也可看成是從形與意的糾結中解放的唯一辦法。一本封面文字不經設計，只留最少訊息的訊息，而僅表現出設計者半生不熟的思考，學校告訴我們，「形要依循功能」，但我無法坦誠面對這樣的論點。因為現在正是一個多種多樣的多功能時代。關於書本的功用，我覺得到了現在這種多功能時代，簡單並富含多功能的各種意見之中，已經欠缺「現在」這種時間感覺了。

文字的功能，確實是傳達訊息。但是我們也必須要有答對題數超越國語測驗的想法。

當你說出這樣的話，你的情念與怨念，都會由此而止，並利用後面追來的文字逐一拋回，我認為這又是設計的終極意義。

174 費爾里・狄金森大學：位於美國紐澤西，在溫哥華與英國牛津大學城均設有分校。

175 相對於草書偏旁演變而成的平假名，片假名取自楷書偏旁。

快樂的排版師

笑うタイポグラフィ

《直寫橫寫》一九九四年十一月號

Illustrator 這種軟體，就像為我開發一樣好用

既然決定使用蘋果麥金塔電腦，便趁機把所有工作的道具與手法，還有輔助的技術器材全部裝進同一台電腦裡。依照過去的習慣，我只要有一隻 Rotring 的針筆，就可以完成所有手繪文字的工作；這種近乎偏執的工作習慣，說不定就是我的工作態度。

我曾經想過，如果我的工作全都能在麥金塔上完成會怎麼樣，但最後果然如此。過去我總是在草稿紙上畫鉛筆稿，並且以針筆上墨線。現在則是直接把草圖放進掃描機掃進電腦，再以鋼筆工具（pen tool）描出曲線，在手法上完全一樣。在電腦上作業還有一個好處，就是可以調整點線，自由修改線條，不必像手工時代那樣要用白色顏料修正後，再重新上墨，對於吹毛求疵的我來說簡直是一拍即合。再來就是我不可能以手繪文

字做出一本書的所有平面，而可用的字體又相當有限。雖然可以跟照相排版行要求所要的字，再貼在原稿上送印，但終究不如直接在螢幕上看到的來得直接。所以我乾脆用電腦做出一套甲賀明體字來用。以前我都會仔細畫草稿，在此不必太過張揚，現在如果不想畫底稿的話，就請照相排版行打出幾個一百級的字，每一個字就像圖片那麼大，並且放大影印後掃進電腦，再以自己的方式修正線條，並且拉出曲線。透過這樣的流程，我也可以建立自己想要的規格，最後形成自己要的文字元素資料庫。現在我已經可以輕鬆組出各式各樣的文字了。

你也知道我現在有一隻眼睛不管用了。這說不定就是我決定使用電腦的主要原因。我現在看東西的遠近感變得很差，就算拿一枝白色筆桿在我眼前搖來搖去，我也抓不大到，實在是笑不出來。至於顯示螢幕，因為沒有三度空間，也就沒有遠近感的問題。然後電腦在處理資料上，也有一種特殊的層級關係，一開始使用的時候，我還有點搞不清楚。後來漸漸曉得這個原理之後，算圖就變得相當簡單，比方說把直線跟橫線重疊起來，就可以組出一個「十」字。如果是在習字課上練習的話，宣紙會整個黑成一片。電腦作業可以從無邊無際的層級中，找出自己想要的某個層級，所以實在是非常了不起呀。這種發現就跟小時候玩遊戲一樣有趣。如果黑白的文字都可以做成這樣，那麼接著就要試試看彩色的部分了。我在電腦上作業時，就想過在兩個黑色圖層之間，加一個新的彩色用圖層，以製造影子的效果。在製作完稿的時候，又覺得這樣太麻煩，便放棄了這種嘗試。有時候變化就會在這種不知不覺間產生。有時候自由調變線條，最後卻玩得太過火……。但是我刻意不透過電腦特效讓文字變形，我的電腦設計基本上就是「剪下與貼上」（cut and paste）而已。我把各種要素剪下、貼上，再上色，就像那些俄羅斯結構主義[176]（Russian Constructivism）藝術家的做法。我想，類似 Photoshop 或 Illustrator 之類的軟體[177]，並不適用於高度整理這種基本的設計流程。也就是說，我設計的基礎是體驗歷史上的各種方法，而透過這些體驗我也學習到了新知。

使用DTP[178]的意義

晶文社的老闆中村社長叫我看做出來的書：「平野，這樣的書看起來很普通呀，哪裡看得出來是電腦設計的？」我用電腦設計的書本，確實一點也沒有電腦的感覺，看起來只是普通的書本。做為一個DTP軟體，能做出肉眼難辨的質感是有可能的。既只能用一台電腦，又可以不必委託大公司或大結構，以個人設備層次組合出活字，我便想透過這種方式向社會發聲。

過去我曾以文字處理機設計《水牛通信》的完稿，那時候也可以做到很高的水準。而開發出麥金塔的那些人，不也是反文化世代的一群嗎？我記得植草甚一過去曾在某篇文章中寫過麥金塔的故事，冥冥之中造就我與麥金塔的相遇。這些奇緣現在也都變成了現實。不過到了日本，就無法形成這樣的概念。日本的字體盡是沿用一些以前的好字，年輕人不斷製造出新字體，並且讓大家一起分享，雖然這就是DTP的大環境，我也可以尊重字體的著作權；本文排版用的基本字體，在使用上的風險，也都由大家承擔。然而在另一方面，範圍以外的字體，卻都漸漸變成著作權公開的款式了……。如果不思考這些情形，電腦儘管是一種方便的工具，到頭來還是不能達到解放表現的目的。

與人站在同一邊的軟體

至於平版印刷用的完稿，當然也用麥金塔製作，才能做出各種合版用的原稿。但是我所用的機器，卻是一九三〇年左右法國製造的自動印刷機，不論怎麼印，色版都會出現誤差，而這就是改變的開始，也是我的另一個表現手法。從原稿到製版以電腦完成，到了印在紙上的時候，又回過頭來用老方法，這樣我覺得效果還不錯，讀者也不會因為我是用電腦設計，而對這樣的作品產生排斥感。

當然，充分運用電腦的精準度與多功能，並且將完稿送印，將是印刷的主要趨勢，而且電腦排版還有各式各樣的可能性。但是對我來說，以電腦排版的現狀論，找出新的可能，並且開發更刺激的表現手法，會有一些困難。我需要知道更多的原理，自己也必須保持不斷的進化才行。至於 Photoshop 對我來說，只有點綴性的使用而已；但市面上現在到處可見那個軟體做出的視覺設計。我會說，那是怎麼回事？如果能做出意想不到的作品的話，電腦影像處理還有些樂趣；對於觀者來說，就實在看不出哪邊有趣了。問題就出在製作者的想法還沒有進化。到頭來，有了硬體，也有各式各樣的軟體，結果本來應該要跟人站在同一邊的軟體，卻變成人要去習慣的東西。我再舉一個例子來說，像電子書。你會想在螢幕上看夏目漱石的《少爺》嗎？我覺得在一個只講求效率的世界裡，讀《少爺》不會是一件有趣的事……。說不定日後在電子書的世代，也會出現新型態的文豪，而且不一定是一個人，更可能是寫作集團。當然在文學以外的表現型態，也會因此增加，如果是這樣的話，我也想要試讀電子書，然而自己對於這種媒介顯得興趣缺缺。如果我是一個「快樂的排版師」，對於自己停止無謂的進化，是看得很開的。

設計的底蘊

有人會問我設計是什麼？我沒辦法大談什麼設計論，只能一點一點地說。比方說，人家常常說我引用了俄羅斯前衛主義或未來派的文字風格，而我確實也喜歡那樣的風格，並深受影響，這都是不爭的事實。但我真正追求的，是那種時代精神，或說是那個時代的表現手法帶有的底蘊。比方說「紅梅牛奶糖[179]」的包裝，還是牛肉場的海報之類，一九二〇年代的設計風格如何影響日後的日本大眾文化，我覺得時代風格與大眾文化的共通之處，並不是在於那種光滑充滿曲線的設計，而是看似樸拙卻充滿心思的缺陷感。那種設計有各個設計師的風格，也因為如此而不至於陷入低俗的窠臼。這種庶民的洗練感，甚至讓我覺得有一股反撲的能量，甚至一種氣概，所以能夠深入一般大眾心中，如果沒有相關知識，大概不會知道我的設計是怎麼來的，而設計本來就是這樣的，即使他們可能也只能設計到那種程度……。至於有些人標榜怎樣才是最好的設計，並且排除一切瑣碎的元素，那麼這樣的設計即使規模很大，我覺得也還是弱不禁風。再舉一個以前的例子，六〇年代反安保180條約的時候，不是也有一些設計界的人士去包圍國會嗎？他們手上的立牌設計得太美觀了，反戰的標誌也縮得很小……看起來很沒有魄力。如果只要求洗練與美觀，設計師就會失去自己的發言位置，而這種抗議立牌的出現，是否也因為他們過去總是設計一些與生活無關的物品呢？現在再回到電腦設計上，有時候企業戰略之類，在某種層面來說是由上而下進行；但電腦的出現，使得個人層級可以由下往上反擊，這是我覺得最重要的地方。再拿字體打個比方，在活版時代由很多工匠設計出來的那些漂亮字體，進入電腦化時代之後所凸顯最重要的價值，則在於人人都可以自由使用，而非只要是新的就好。如果還在獨佔，那麼既有的硬體和軟體，一般民眾就只能聊勝於無地使用，並且設計出千篇一律的東西出來。對我們這一代來說，前一代的設計師中出現了許多巨匠，會有種生不逢時的感慨；現在才接觸電腦，又顯得有點趕不上時代。不過，既然都已經開始用電腦了，就不能單單把電腦當成一種簡單的工具去用了。

176 俄羅斯結構主義：蘇聯前衛藝術的一大主流，約一九二二年成立，主要風格：抽象性、革新性、象徵性以及立體化。史達林大肅清期間，隨著一部分結構主義藝術家流亡歐美，在西方美術界也逐漸發揮影響力，並影響三〇年代的抽象繪畫甚深。

177 Photoshop擅長處理照片、圖畫等，具有個別像素顏色資料的點陣圖（raster graphics）；Illustrator則掌管由點、線或多邊形構成，只有數據變動並可無限放大的向量圖形（vector graphics）。

178 Desktop Publishing（桌上出版）的縮寫。美國Aldus公司於一九八六年推出排版軟體PageMaker，透過Adobe公司的技術，達到「所見即所得」（WYSIWYG）的理想作業程序，展開了家用數位印刷的紀元。

179 紅梅牛奶糖：一九五一年由紅梅製菓株式會社製造，隨包裝附贈巨人軍球員集點卡，為日本「食玩」先驅。後來因為小學生的偷竊問題以及業界不景氣，而在一九五四年停止生產。

180 反安保：麥克阿瑟統治日本以來，美軍即進駐日本幾個基地。一九五一年，美日簽署舊金山和約與安全保障條約，以安保條約維持美軍進駐。一九六〇年，美日協議增修條約，日本各地約兩千個團體（以當時的共產黨與社會黨支持者為主）便從一九五九年開始組成共鬪連帶抗議，並於一九六〇年五月下旬至六月引發日本戰後最大的抗議活動，最後導致批准六〇年安保條約續約的首相岸信介（Kishi Nobusuke，一八九六～一九八七）下台。一九七〇年續約時也爆發衝突，但已經演變成社運派系間的無仁義之戰。

書與設計之間——與草森紳一[181]（Kusamori Shinichi）對談

書とデザインの間——草森紳一氏と対談

《Graphication》一九九八年十二月號

副島種臣[182]（Soejima Taneomi）的書法

編輯部　今天請到兩位書法愛好者，希望聽兩位討論書法與設計之間，乃至於字體設計上遇到的問題。首先想請問兩位的是，當初為何對書法產生興趣？

草森　我比較單純，當初是因為大學主修中國文學，上課練習書法的時候，便想著為什麼一定要學毛筆字呢？如果你不知道書法，便無法探究中國文學的奧秘。以前中國的官吏，無不琴棋詩畫樣樣精通，據說理想上不懂藝術的人不能治理百姓。不論高下巧拙，每一個人都創作或附庸風雅，而且不會寫詩不能及第，連毛筆字都是考試的項目之一。他們有「詩書畫」三絕，而在題詩的時候就必須寫字，畫畫也一樣。書法的妙處在於，即使讀詩不懂意思，光看文字也大致懂了。

編輯部　您所著作關於明治時代政治家副島種臣的故事，現在正在某雜誌上連載。

草森　光是副島的葬禮，我就寫了差不多兩千張稿紙。因為接下來有點摸不著頭緒，便讀一些別的書稍做休息。我的大學畢業論文主題是中國唯一的鬼才李賀[183]。畢業之後，不管拿到什麼唐詩研究的書，都發現很少提到李賀，便有興趣了解他被後世接納的情形。後來再反覆讀他的詩集，讀過便知道為什麼。我在調查副島種臣的生平事略時，又接觸到副島的書法，那是差不多六〇年代的事情，當時我受到很大的震撼：他不僅會寫漢文詩，書法也不錯。

編輯部　那麼平野先生，您曾經關注過副島種臣的書法嗎？

平野　如果有機會看到真跡的話，我也想看看。光是以前看草森先生站在副島的墨寶前，接受電視台訪問的畫面，就覺得副島種臣怎麼可以把字寫得這麼大？

草森　那幅字屬於佐賀縣的願正寺的收藏，而這間佛寺便是幕末時代舉行倒幕秘密會議的場所。以前我去願正寺要求鑑賞那幅字的時候，他們還沒有可以掛圖的地方，所以把這幅字攤開在榻榻米上給我看。這幅掛軸已經大到一台傻瓜相機拍不下。可見這樣的字，也必須在最大的和室才寫得出來。事實上這幅字是在東京揮毫而成，以這種大小來看，必須兩腳踏在紙上邊走邊寫。我想他在越前堀的宅邸，可能就有這麼大的空間。總之，是一幅很有氣魄的字。而且，他寫的匾額也不錯，雖然是請人代刻，即使雕刻師刻得不好，都不損及文字的氣韻。像是修善寺[184]的匾額，就是一個例子。

平野　那麼他也用各種風格題字吧？

草森　一般人容易混淆書體跟風格，但他不同時期確實有不同的風格，不可能在同一時期不斷變換風格。就算風格再怎麼不一樣，大家一看也知道這就是副島種臣的墨寶。

編輯部　副島種臣本來是佐賀藩出身。

草森　對，他博學多聞，在幕末時期本來是藩校的教授，到了明治時代就變成了政治家，差不多做到首相等級的參議。而且他也受過武士教育，一定從小就懂得寫書法跟作詩；而真正認真寫書法跟寫詩，卻是五十歲以後的事情。當他從政的時候，可能一度禁止自己寫詩題字，我說這是他的第一個謎團。明治時期的政治人物，往往為了附庸風雅，人人想要賦詩題字；他從政時期的作品卻很少。當他提出征韓論[185]被迫貶官的時候，便把自己的家產全部變賣，到中國旅行足足兩年。這又是一個謎團，而歷史記載他在擁護征韓論後，被政府「御用滞在」，也就是被軟禁在東京，而後終於被釋放，才有辦法去大清國漫遊。在這段期間，他有四個孩子死於腳氣病（營養失調），聽起來像是被詛咒一樣，但是營養不良在當時與貧富並無關係，就算是有錢人也可能致死。當時連明治天皇也得過腳氣病。副島在中國遊歷期間開始寫漢文詩，當然也見識過很多書法家的真跡。回國以後他的詩書產量便突飛猛進，總共累積了幾萬幅作品。

平野　這時候我正想問，當時他一天可以寫幾幅字？

草森　副島的詩與書，往往受到當時的心情與感覺左右，所以沒有劣作；即使看起來像劣作的作品，也都具有超乎劣作的結構。在這些作品群中，也出現了幾樣傑出的作品。當然在他心情與感覺的深處，埋藏的是他的感時憂國的不平之鳴。

大致上，五十歲以後才開始寫作的人，寫出來的作品絕對有超乎年輕創作者的質與量，因為時間是令人難以想像的催化劑。雖然欲速則不達，但不是每件事物都是久了就能成功。長久累積心事的人，一旦有機會發洩出心中的想法，只要兩三年就會超越一些創作很久的人。所以我會說，副島是中高年人的支持者（笑）。關鍵就在於他在創作前累積了多少知識和精神的資源，至於我的話，二十出頭開始寫書法，一直混到現在才知道要反省，不過已經有點晚了（笑）。

平野　像是長谷川四郎之類的作家，也是四十出頭才解甲歸鄉，而要到快五十歲了才出第一本小說。最後他的全集總共有二十幾卷。所以我說，這就是老當益壯。

草森　在詩書的領域都是這樣。

書法與設計的關係

草森　這時候我有一個一直掛念在心上的問題。像那些日本的設計師們，在六〇年代一度經歷了藝術與設計之間的迷失期，我想這樣的迷失也涵蓋了書法與字體藝術的領域。為了要找出並填補這道裂痕，我特別去研究了複製文化，到現在卻還沒找到夠說服力的結果。前陣子我在電視上看了一部深夜時段的美國片，講的就是這個問題。那部片是說一對夫婦，分別是創作歌手跟平面設計師，因為察覺到婚姻生活的危機，而一同出門遠遊，目的地是一個專拉古典小提琴的老婆婆家。當歌手的太太即使不賣座，還是認為自己是一個藝術家。另一方面，設計師丈夫不認為自己是藝術家，對於自己的處境也不是那麼滿意。他們只要一吵架，丈夫就會輕蔑地指著太太說，你那些歌只是自己的興趣而已；太太便回嘴說，藝術一定要出自興趣才能成立。我本來想知道美國是怎麼處理這個問題，結果他們也沒有解決（笑）。

平野　我也從來沒有想過自己是一個藝術家（笑）。最近收到的名片，不少人的頭銜都是藝術家（artist），我看了就覺得倒胃口（笑）。

草森　不過我還是認為，從事平面設計的人，毫無疑問都是藝術家喔。不管是在東方還是在西方，或是從語言上的意義去追究，都是一樣的。然而十九世紀以來，藝術變得更加誇張，基本上跟近代的「果腹」問題也有很大的關係。

平野　嗯。

草森　那麼資訊文化能消弭這個迷失的裂痕嗎？

平野　他們覺得自己已經填平了，雖然從我看來有些地方依舊有問題，但確實感受到人們正手牽手解決著這個問題。

草森　書法基本上也是從文字（言語）上的操弄開始的，而現在能這樣操弄的行業，也只剩下漫畫家與文字排版者而已。至於以藝術家自負的書法家，就顯得既不前衛也不遵古，一副故我的樣子（笑）。明明應該有屬於二十一世紀的前衛書法家出現，到現在為止也只看到石川九楊186(Ishikawa Kuyo)等一兩個。

編輯部　而漫畫家確實會以狀聲字擬聲擬態。

草森　可以說是感官的總動員。而書法與繪畫也是從此開始的，並且漸漸一體化。後來文字與繪畫分家，分化成兩種不同行業，也開始產生政治化(外在的組織化、內在的差別化)。

平野　以排版者的精神來看，是有一些相似之處。設計者推出了做為工業產品的活字，有些細節讓文字被迫脫離書法。

草森　這又是什麼時候開始的呢？當那些過度重視個人主觀的書法誕生了之後，書法跟設計才開始分家吧？而機械文明也帶著補遺與反動的性質，增長了這樣的主觀。然而在一開始的時候，書法一旦變成了店家的招牌或石碑，還是佛寺的匾額，那麼他者便介入主觀，去除創作的活力，並且變成設計品以走向大眾。

平野　我認為書法還是必須講求墨與紙上留白間的平衡。所以當然會歸結到設計的心得。我們對書法產生興趣，也是因為這個有無之間的平衡。當我開始設計一樣東西的時候，首先就是認真思考紙面上文字與留白間的比例。

草森　中國人開發的文字，一開始不都是刻在甲骨與尺牘上嗎？所以甲骨文就是一種雕刻文字。當我們以毛筆寫字的時候，個人覺得必須把毛筆當雕刻刀來用，書法有刻字的一面。運筆的最深層，是雕刻刀的手感，求直截了當、滑順自在。如果你太習慣毛筆的手感而遇到瓶頸，就必須回頭探究書寫工具的源頭；當時既沒有設計也沒有藝術的概念。即使有，也只是一些符號上的無意識或是點綴裝飾而已。這也讓我感動不已，因為這樣的原始性絕非表層的虛飾。

一提到雕刻刀，就一定要提到金農（一六八七〜一七六三）。明末清初的揚州（江蘇省），是中國最大的商業都市，來自各地的騷人墨客聚集於此，並且接受鹽行商人的資助，所以揚州也是藝術之都。在揚州的藝術家之中，有一群被稱為「揚州八怪[187]」的怪異（落第）書畫家，而金農是其中一人。他的字看起來就像是甲骨文或是金文，每一筆畫都像是用刀刻出來的。他的字畫很有趣，希望你有空也看一看。有人說他是穆斯林，所以說不定也受到了阿拉伯書法[188]的影響。

平野　雖然一般都會認為寫書法就必須在宣紙前正襟危坐才算書法，但以前空海[189]之類的和尚也常有雜技式的揮毫，他會兩手兩腳執筆同時寫字（笑），把書法當成表演。

草森　其實臨場揮毫也是一種表演喔。在江戶時代不只是書法，也有臨場畫圖的表演，而且是在眾人面前，像雜耍一樣地創作。在中國往往是在寺廟中的白牆上進行，觀眾會隨著字畫線條的移動歡呼嘆息，煽動書畫家的情緒。

平野　這麼說來，葛飾北齋190（Katsushika Hokusai）也曾經衝出院子，在人群中大張旗鼓作畫。

草森　以前王羲之191也是在眾人的圍繞下，寫出〈蘭亭集序〉那樣的作品。那種創作現場，表面一片和氣，卻也是一個戰慄空間。

平野　這種時候，表演的性質還滿接近設計的。

編輯部　確實可說是一種表演，當下的緊張感一定很強烈吧，因為有那麼多人在看你創作。

平野　我認為書法本來就像官吏或學者在眾人面前演講，必須全神貫注進行。

草森　中國的書法藝術，百分之百都在為政治服務，連個人嗜好都充滿政治性。在同伴面前題字，等於是樹立自己的權威，不僅是興趣，也是一種對文盲的示威。

平野　這樣說就比較好懂：書法流傳到日本之後，在現代化的過程中，設計日漸遠離書法。而書法也變成了純藝術。所以我絕對不會碰書法，我對於書法還是相當敬畏的。有些設計師會把書法融入設計，比方說酒類的包裝，但一套上書法字，就會讓商品馬上降低價值，我想這也是因為書法阻礙了大時代的藝術前進的關係。

編輯部　剛才草森先生提過藝術與設計之間的關係，在此想聽聽草森先生對於文字在設計領域上的待遇有何看法。

草森　這時候來談談我的平野甲賀論，你覺得怎麼樣？平野先生不也在東京造形大學招生簡章的封面上使用手繪文字嗎？

平野　雖然那是七年前就開始接的案子，我照這樣做下去其實也很輕鬆喔（笑）。而且我也怕做出來的作品就那樣一直堆著（笑）。

草森　你的手繪文字帶有意志力與明快感。話說回來，你到現在總共設計過多少本書？有兩千本嗎？

平野　不，可能更多，我想有三千本。

草森　所以你一天可以做一本呀（笑）。我也設計過四本書的裝訂。

平野　我已經從事這一行三十多年了，如果真的一天做一本，我大概也做了一萬本；

但我寧可不要。

草森　我看到你設計的裝訂，有時會發現你不喜歡文學作品，就像你只喜歡文字而不喜歡文學。

平野　你也看得出來呀。人家請我設計的書本，我不可能每冊都全部看完。而且常常是一邊看校對稿一邊決定設計內容，與其說是照著書中的內容，不如說是照著我的內在秩序去編排。如果跟一個作家合作久一點，終究會透過設計提出批判的一面。當我決定以手繪文字呈現書名與作者名的時候，常常不知不覺地夾帶一些諷刺的情緒。這可以說是一種批評，也可以說是類似漫畫的表現，我想您可能是在看到的當下就認為我討厭文學。

草森　但我就是喜歡你這一點。作家常常處在水深火熱的狀態下，在純文學作家面前常常抬不起頭，想來也是沒有辦法的。

平野　當然我對作家是有感情的，當我要將自己的想法附加在別人的心血上，就不得不用漫畫的手法表現。那麼我講得極端一點，書法不也是一種漫畫的手法嗎？

草森　可以這麼說，漫畫本來也像詩一樣，是一種批評行為。

平野　而漫畫不只是用幾個字畫一張臉而已，不得不帶有一些自己的思想。

草森　但是你設計的書本，又重新隱藏了你的思想，有一種奇妙的構造。我想其實你是一個多才多藝、多采多姿的人物，但是又刻意把這些要素透過設計隱藏起來，而且還讓人家一看就知道，這就是平野甲賀的設計，所以你確實很硬派。

平野　我寫字畫圖確實會缺乏自信，而想要透過寫字畫圖表達什麼也感到害羞，被要求解釋的時候更不用說了。這是很彆扭的事。我想書法家也有這樣的情形。書法是一種手部運動，但因為書法家不是運動選手，我想也會因為肉體運動被人看見而覺得不好意思。

文字與複製

草森　表現是一種使人害羞的行為，所以即使想刻意掩飾或裝做沒發生，都無法消弭那種羞恥感。而一念之差，羞恥感也可能會變成自我誇耀的變化球。再岔個題，現代人讀詩都已經直接讀活字版，而不是書法帖。在詩變成文字之前，本來應該是即興的「聲音」或是手寫的「文字」。而書體尊重語言的韻律，也是因為文字始於朗誦。而那樣的詩句一旦透過活字客觀化之後，讀者能讀解到的訊息，絕對和毛筆字上的不同。也就是詩文可以透過書寫被讀懂，或是相反。那麼，如果以照相排版複製書法原稿，又將如何呢？透過翻拍可以了解的部分，畢竟不完整。所以書法與活字之間，以及與照片之間，終究還是真跡與複製品的問題。

平野　副島的書法，也必須要親自看過尺寸才能知道有多厲害。

草森　事先知道尺寸再去看，會有「原來如此」的心理；如果不知道那個尺寸就去看，說不定更會有意想不到的收穫。照比例縮放，是一種魔術；至於訊息的公開或封閉，則是奇特的機制。所以要讀懂一首詩，最好能讀詩人的手稿。

然而還有另一種狀況，書法作品的複製版，有人說好，也有人說不好；繪畫也是一樣，當你一開始看到的是複製版而非原版，就知道自己喜歡還是討厭這個作品。而這樣的審美標準與作品好壞並沒有關係，主要是「時代」的影響；有九成五以上的書法家或畫家的作品，卻是複製品比原版好看。翻拍成照片，既可以一目了然，也能感動觀者；仔細觀察還可以看到更深層的部分。大致上那些原版藝術品都比不過複製品。像是副島的書法，即使從很粗劣的翻拍照片看起來，還是覺得很厲害。當然，如果是第一手拍攝的照片，就更加厲害。

平野　複製藝術等於逆轉了原物與複製品的關係。

草森　自古以來，中國人就不相信原創性，即使是寫詩，也都積極回收先人的詩句再利用。書法也是同樣的情形。我們可以說是一種在複製機器尚未出現時代的複製行為。中國人在學書法的時候，大家都是從「臨書」開始的。像是王羲之兒子們的書法，就是從複製父親的書體開始。中國畫也是一樣，弟子如果能高度臨摹師父的作品，師父就會在弟子的畫作上蓋章認定，而這幅畫也不再是冒牌貨，弟子可以高度偽裝成老師。那麼如果問中國人是否對真品沒有興趣，其實也不是那回事，一定有些東西是真的。研究中國書畫的時候，就這件事最耐人尋味；要討論作家風格，更要大費周章。

平野　歐洲中古時代的畫室也有類似的情形。

草森　沒錯。如果要問哪邊出了錯，就不得不提到十九世紀以後歐美各先進國家的情況。他們一方面不斷推出複製用的機器，另一方面卻又以著作權問題為由禁止複製，導致貧乏的原創思想大量產生。我說那是近代西洋文明的扭曲，相當醜惡。

平野　現在日本也出現了扭曲的個人主義，原創性被嚴重懷疑，就算只有一點相似性，也會被無限放大指責。

草森　中國自古提倡孝道，這種深植於中國人基因的信仰，使中國人寧可積極模仿，並從中找出自己的特色。如果王羲之就是好的，大家就全部模仿王羲之。有趣的是，到現在中國人還把王羲之當神一樣崇拜，也有不少人繼續臨摹王羲之，但是他的真跡到現在已經一件不剩了。雖然被譽為書聖，事實上已經被神格化了。他的真跡被後人不斷臨摹，再透過「帖」這種複製技術流傳後世。書帖被世人尊崇，甚至變成國寶。同樣的臨書，也可以分成意臨等各式各樣的複製方式，並且延續了兩千多年。我一邊研究中國文學，還一邊研究現代的複製文化，可能讓人有點難以想像，但我也發現中國文學與複製文化在結構上其實很像。因為人總是在複製品上動腦筋，以免被指照單全收。

平野　在日本設計界，大家都極力掩飾受到誰的影響，大家都搶著要當原創者（笑）。

草森　這點我覺得很奇怪，在中國他們都以受誰影響自負。他們先經過誰的薰陶，再擺脫影響進入下一個影響，再進入另一個隧道，我稱之為山洞論。他們透過進出不同的山洞來誇耀自己的修練，不管是書法還是繪畫方面都是如此。後人為了理解老祖先的思想，也需要各種注疏專書。但是注疏並不解釋詩的意思，只告訴讀者第幾句第幾個字引用自誰的詩。所以一個沒有基礎教養的人，會看不出一首詩的意象。

文字的力量

草森　回到字體，所謂的明體字與清體字（楷書），就是依照明清時代某些特定人士的書體製作活字。我現在也在研究江戶時代頗受愛戴的文徵明[192]，而他以小楷書法著名。他的書體在死後大眾化、一般化。但是這樣的字對於科舉而言還是太過個性化，所以他怎麼考科舉都落榜。也就是說他的字不適合當官。因為明朝是印刷文化發達的時代，文徵明的字和印刷會有什麼關係？明體字的特色就是中段飽滿，但是當照相排版普及之後，你有沒有發現那些字顯得無精打采，好像開始崩壞了一樣呢？

平野　我並不清楚原來的精神如何，但是日本人確實喜歡明體字。

草森　像電影導演伊丹十三[193]（Itami Juzo），以前曾做過排版設計師，自己也以擅長處理明體自豪。我當過三年的編輯，也覺得用清體字很丟人現眼。

編輯部　清體字跟明體字又有什麼不一樣？

草森　清體字細細長長的，既纖細，也有一種軟綿綿的感覺。

平野　現在中國的報紙多半使用清體字。因為那種字比較高瘦，所以方便橫排。因為文字間距小，排起來比較工整。

草森　原來如此。雖然我不知道清朝的那些字體是以誰為範本製作，但我也覺得那是一個在遵古同時，個人主張也逐漸明顯的時代。人的精神面變得比較薄弱，那是因為太過強調個性的關係。另外，太強調「我怎樣……」的興趣也會使精神薄弱。

平野　據說明體出自王羲之的書體，但我根本看不出來哪邊像了。

草森　基本上清體每一個字都出自王羲之的字。所以一提到書法和書法家，不知不覺就會講到天亮。大家就只會不停爭論，這是取自誰的字，那是取自誰的字，而我不會浪費時間去分析這些有的沒有的。

平野　現在我們不管是看到活字版還是照相排版，都會執著在元素的解析上，不過中國人本身並不熱中這套吧？

草森　因為中國是一個無奇不有，而且什麼都沒有的國家。

平野　即使他們面對了讓電腦習慣中文的問題，他們好像還是不太關心字體的造形。

草森　這是中國文化的危機與中國人的極端樂天性格所致，我根本無法表示意見。以前漢字是特權階級的獨佔資源，而在中國變成社會主義國家以後，就走向大眾化了。

平野　從設計者的觀點來看，我還是比較喜歡明體字。明體字越看越有奇妙的魅力，所以我會好奇為什麼漢字就要長成那種形狀呢？後來我想過才明白，明體字流傳到日本，也不過一百多年的歷史。我會覺得有一天明體字會慢慢消失，並且被其他字體所取代。

草森　這是有可能的。而且你剛才說明體字的形狀奇妙也是對的。楷書誕生的時候就充滿了各種不自然，因為楷書不同於行草，是國家權力後天製造出來的字體，就好像芭蕾舞或日本傳統舞一樣，原來都是違反身體性的奇怪動作。中國現在使用簡體字，而且是由左向右橫排，所以中國人看不懂以前的中國文字。台灣現在還在用傳統的漢字，但是中國國內跟日本都已經擁有許多各自的略字，在電腦編碼上一片混亂，但這也是我喜歡的一個點。如果這樣可以讓我們對漢字的恐懼轉變成愛上漢字，根本是非常諷刺的一件事。

然後日文本身也有平假名片假名的問題。兩種假名都是日本人從漢字改造而成，但是日本的書法家只關心中國文字省略變形而成的草書，對自己的假名並不感興趣。現在對於片假名比較敏感的職業，大概只有追求誇張表現的漫畫家與文字排版者。不過後者跟書法（漢字、平假名、片假名）總是不太合得來。

平野　書法以漢字為主，只有漢字的書法看起來就很美。片假名一開始不都是和尚唸經的時候在用的嗎？據說片假名始於佛經上難讀漢字的讀音標註。

草森　對。像親鸞的片假名就寫得很讓人信服。以歷史的演進來說，片假名一開始本來都是用來做漢字後面的附隨文字，後來就變成了漢字與平假名的陪襯與附錄。至於平假名本來是女性專用的文字，可以看成是草書開出的花朵。

平野　而現在片假名只用在外來語上面而已。

以不調和做為推進力

草森　在文字排版的時候，設計師會如何思考片假名和平假名？你的《平野甲賀　裝幀の本》（一九八五年，Libroport）標題手繪文字的「の」，就讓我覺得很有趣。雖然是平假名，看起來卻像片假名。不管是書法家，還是使用平假名、片假名的人，我想都一定要有這種玩心才行。而且這個「の」還刻意塗成實心對吧？在書法藝術中，用墨的多寡或是筆誤往往出乎運筆者的預料，會左右一件作品的生與死，因為有時候放棄了也是可惜。但是你的這個「の」還刻意塗得很滿，所以更加有趣。

編輯部　題字不忘設計。

草森　書法原來就是一種設計，花巧思這點是共通的。

平野　我承認確實有摻雜一些元素進去。在二戰結束後不久，有一份比女性雜誌《Soleil[194]》更普及的雜誌叫做《青空》，雜誌名稱就是手繪而成，而且畫得很好，好到我都快失神了。我在從事的工作說不定也像這樣，但這麼好的封面，連我都很嚮往。此外，佐野繁次郎[195]（Sano Shigejiro）或是花森安治[196]（Hanamori Yasuji）的手寫藝術字都很好。

草森　我以前待過的出版社[197]所出的雜誌（《婦人畫報[198]》）封面的手繪文字，也出自佐野繁次郎之手。至於本文的標題字，則由來自書法界的高橋錦吉[199]（Takahashi Kinkichi）與他的工作室包辦。

平野　以前的《美術手帖[200]》標題字也是由高橋繪製，字體狹長具有張力，看起來很漂亮。我對書法家沒什麼興趣，不過設計界確實有不少能寫出一手好字的人才。

編輯部　是大正、昭和初期之間的那些人嗎？

平野　那時候的設計界很流行手繪文字。現在的《文藝春秋》雜誌名稱所使用的字樣，就是恩地孝四郎設計的，有一段時間那種字體被稱為「恩地明體」。

草森　恩地原來是一個畫家。至於中川一政[201]（Nakagawa Kazumasa）不僅是畫家，也實際寫書法，雖然我不喜歡他的手寫文字跟設計的書，但還是佩服他的多才多藝。常與夏目漱石合作的中村不折[202]（Nakamura Fusetsu）也是西洋畫家出身，他對中國書法瞭若指掌，可說是學者都比不上的研究專家；除了研究，他自己也寫書法。不只設計書本，也兼任插圖。簡直是萬能。

平野　以前大家都寫很多字，不像現在的設計師都不寫字（笑）。

編輯部　是否因為當時是文字帶有力量的時代呢？

平野　當時人們對書法字仍然抱持著敬畏心理，所以大家可能都很小心對待文字。

草森　明治大正時代的畫家，是以書籍設計者的身分與作家合作的。我覺得這種組合是百分之百的不調和（mismatch），但這樣也好。我想平野的工作之中，也有很多跟作品不調和（笑）。而那是因為你把工作變得更有趣，把每個作家與作品都穿上了很漂亮體面的衣服。即使我不覺得有何不自然的設計，其實也並不調和。如果以人際關係來比喻，一對夫妻再怎麼登對，也可能有百分之九十九的不調和（笑）。不過這樣也好就是了。

平野　而我是選角錯誤（miscasting）。我覺得自己每次都被分配到不恰當的對象，不過如果有人問我怎樣才是適合的對象，我可能會說，我還是懷疑自己有沒有被對的人找上，想問人家：你是不是真的想找我手繪文字標題呢？

草森　你為木下順二《本鄉》設計的裝訂與標題，之所以做得這麼大氣，可能跟你的內向個性相矛盾（笑）。也正因為你要對抗這種內向的個性，才會特地這樣自我挑戰。但我還是看出你羞澀的一面。你的內向既是對自己的恐懼，也是對於對方的否定（批判）。

平野　可能是因為我強烈感覺到自己被選角錯誤阻礙的關係，而這種感覺可能一輩子都擺脫不掉。

編輯部　假使作家與您方向不同，又怎麼樣去找出折衷的方法呢？

平野　那種情況下，我只能用比較笨拙的方式去畫。像是為鶴見俊輔這麼優秀的作家做書，卻用了很好看的字，絕對會把他的書做爛，所以我只好畫得差勁一點，因為我發現這樣一來，對方會比較體諒我（笑）。有時候也會被業主特別指定非我不可，那種情況下我也很為難，有種進退維谷的感覺，會遲遲動不了工。

編輯部　您會跟作者見面嗎？

平野　如果有機會的話，還是盡量見面的好。我喜歡跟人接觸，認為每個人必有有趣之處。但是那些素行不良的人，我有點難寫出他們的名字（笑）。雖然我也有不喜歡的人，在工作的時候，反而成為我工作的推進力。

草森　那樣反而會有可能讓工作變得更有趣。就像西部劇中不打不相識的角色，打完一架之後，便握手言歡。

平野　反過來說，如果對方是我最喜歡的作家，則很容易出紕漏，就如同幫不喜歡的作家做書一樣。這就如愛的過猶不及。

草森　我對寫作本身還感到有點不好意思，所以在請書籍設計師做書的時候，有時會不太希望他讀裡面的內容。但我每次還是會至少和書籍設計師見一次面。我想問你，是不是受到俄國形式主義[204]（Russian Formalism）的影響？

平野　我並不知道正統流派的情形如何，但是這種思潮西進之後，倒是產生了很有趣的影響。這陣子我常常為捷克前衛美術展（一九三〇年代）設計平面，那時候的美術設計到現在看起來還相當充滿新鮮感喔。

草森　捷克是一個命運多舛的國家，既是卡夫卡的故鄉，又夾在設計大國德國與共產大國俄羅斯之間。不僅在美術設計上，在動畫上也有不少傑作；他們對東方的書法也抱持著高度關切。

平野　他們對於文字曲線的處理很強。不管其他人有什麼意見，我還是很喜歡那種曲線。

草森　你的作品厲害的地方，就是沒有一本是大傑作（笑）。雖然普通人都想從一個創作者的作品中找出傑作，但你的作品讓他們無從比較。可是往書架上一字排開，就成了平野甲賀大艦隊。

編輯部　平野先生不也製作了電腦用的平野明體嗎？

平野　我會開發只是因為電腦上找不到我想要的字體，而平野明體並不是我的原創，而是從既有的秀英明體等假名文字拼湊而來的。

書法字的氣氛會受平假名與片假名左右。一般日本人的文章之中，大概有八成使用假名，要舉出假名改變文章氣氛的例子，我可以舉出一大堆。更因為大家都會寫漢字，所以平假名跟片假名對於設計真的很重要。

草森　書法家常常打破原來字體，而幾乎不用片假名。而且拿出來用的話，就會變成充滿文藝臭味的字。

現在那些會不知羞恥使用片假名的人士之中，有大半是詩人和畫家。即使有自在風格，設計精神並不自在，既呆板也缺乏刺激，充分表現出他們對於書法藝術的無知。相較於詩人與畫家的字跡，漫畫家的畫風本身就是一種書法。因為他們出自心理上與視覺上的必然性，大膽使用各種表現手法，甚至可以不顧書法的格律，創造更好的效果。副島的筆跡就有一種漫畫的感覺，或說根本是漫畫上的狀聲字。他為了要傳達自己的率直性格，也為了自我批判，首先在書法中讓自己變形。

文字是內臟的模仿

平野　草森先生，你認為良寬[205]的書法如何？

草森　良寬的字很厲害，不過我年輕的時候比較喜歡一休[206]的書法。因為良寬太有名了，我對他有點排斥，不過還是覺得他不錯。

平野　他那種軟綿綿的筆體，後來有一大堆人效法，不過良寬還是獨一無二的。

草森　到現在都沒有人能超越那種軟綿綿的書法體。這樣的字雖然在中國也不是沒人寫，但中國書法愛好者並不關心。日本人探求書法的本質，反而對於這樣的字感到興趣。那種走筆方式就像走路搖搖晃晃的感覺；如果一個喝醉酒的人走起路來就會搖搖晃晃，那麼良寬的書法就像一個醉中帶醒的人，看起來軟軟的、搖搖晃晃的，實質上很堅硬。

編輯部　請問平野先生，看到這樣的字，會不會做為參考？

平野　其實沒有直接受到影響。

草森　我認為設計界的人對書法保持關注是件好事，但失去方向的關注也帶有危險。

如果學習方法奇怪的話，更會因為書法是地獄的油鍋，而讓你必須從書法的黑暗面重新學起。但如果是想要向西方的平面設計報恩，而探求東洋書法藝術秘密的話，則算是剛好。

平野　書法很難寫好。像我認識一個在東京藝術大學教設計的老師，他的毛筆字其實寫得很厲害；當他寫字的時候，一定都是用左手執筆，因為這樣他才寫得出脫俗的字。所以我想一定也有些字必須以左手書寫。

草森　在中國著名的書畫家之中，也有不少人有「左手生」這個綽號，而這些人多半會有一些有趣的作品。因為大家都習慣用右手，而常常瞧不起左撇子，有些人就反向思考，以此為特色甚至當成自己的「號」使用。

平野　我就做不到，看到那些可以左右開弓的人，我想我還是別幹了（笑）。

草森　我中學時代還有一個同學，寫字一定都把筆尖貼緊尺緣以寫出直線，不管是漢字還是片假名平假名都一樣，而且還是用左手快速完成。

編輯部　那麼兩位有沒有什麼堅持的原則呢？

平野　我沒有看過草森的筆跡，但是我自己的字實在不能看，因為我平常都寫一些乏味的字。所以去看展，要在簽名簿上簽名的時候，都會感到很困惑。可能就是因為對於日常寫字有情結，才會認真從事手繪文字的行業。

草森　我家的人每一個都很擅長寫字，只有我除外。過去曾經有書法家對我說客套話誇獎，但一般人對我完全沒有過好評，甚至有人就直接說我用字潦草。總之我空有知識，卻寫得一手偏離書法規則的字，真笨（笑）。

平野　如果是好的字，觀者便會心知肚明。而那些令人著迷的字，也絕不是端正的楷書，而往往是筆記上快速寫下的硬筆字。近乎硬筆字的手繪字體，在昭和初期很常見。像是佐野繁次郎替《銀座百點》雜誌設計的標題文字，還是「聖瑪莉藤山」淑女鞋的商標，我怎麼寫都寫不出來。

編輯部　書法教室會矯正每個學員的書寫習性，而書法家反而要重視書寫習性如何產生。

平野　如果那種書寫習性之中帶有個人品味的話，那個人一定是天才（笑），因為這個人的手已經是奇蹟了。最近我也有發現這樣的年輕人。

編輯部　而這並不能透過訓練養成。

草森　經過訓練學習到的事物都有上限。那些學到毫無個人習性的人，本來就沒有特別強的個人習性。然而習性越強的人，透過練習的話很可能更有心得。如果那樣的人不經過訓練，個性就會停止成長。雖然夏目漱石、森鷗外、芥川龍之介等人的書法都具有他們的特性，但明顯缺乏訓練。我所說的訓練，指的是人與文字之間的糾葛，這種糾葛卻沒有地獄。我覺得因為他們不是真正的書法家，也就不必要求太多了。

而所謂的臨書，也是盡力練習，把王羲之之類的巨匠書帖模仿得很像不是嗎？而在臨書的過程中，書寫者原本半吊子的個性，也會完整地被書法吸收，並且改掉書寫習性；但這樣也只能寫出一手好字。書寫習性是一種謙讓語，其實都是個人專屬的特質。所以一個人透過臨書進入他人的身體，一邊思考參考文字的形成，一邊從事模仿。當模仿到厭煩想放棄的時候，本人的書法說不定就變得更好看，並且確立了自己的風格。這樣的人，我稱之為「脫穎而出者」。而中國的書法家，往往是在個人風格被承認之後，還不忘繼續臨碑，因為他們覺得自己的人格還沒發育完全。

真正的「好字」，是書寫者肉體（心靈）的寫照。如果以漢字來表示，我想就是對人體內臟的模仿。

181 草森紳一：一九三八～二〇〇八，日本評論家，絕代藏書狂，家中書籍屢屢堆積如山，乃至無立足處。生前藏書除全數公開自由閱讀外，整理作業至今仍在進行中。

182 副島種臣：一八二八～一九〇五，通稱二郎，號蒼海，又名一一學人。政治家、書法家。肥前藩士出身，明治維新功臣，參與明治政府多項外交談判，其中包括俄羅斯、朝鮮與台灣問題。

183 李賀：七九一～八一七，中唐詩人，字長吉，號昌谷，聰穎早慧，詩文險峻，好寫幻想世界，有「詩鬼」之稱。對後世的影響不僅及於近代中國，也是泉鏡花、芥川龍之介、三島由紀夫等日本作家喜愛的唐詩人之一。

184 修善寺：位在靜岡縣伊豆市修善寺町的曹洞宗佛寺　福地山修禪寺的俗稱。

185 征韓論：最早的征韓論由幕末（同治年間）日人八戶順叔於清帝國（韓國宗主國）的地方報紙上發表，隨即引起了清、韓、日三國間的緊張；同時李朝高宗之父（實質統治者）大院君剛愎自用，除了以攘夷為由策動一連串排外行動，又對明治政府使節不理不睬，日本國內征韓呼聲日益加劇。一八七三年，由於明治天皇決定懷柔，主張征韓的副島種臣、板垣退助以及自薦調停的西鄉隆盛，最終不敵穩健派的岩倉具視、木戶孝允、大久保利通、伊藤博文等人，內閣參議半數與六百餘名官僚因而辭職，史稱「明治六年政變」。西南戰爭與自由民權運動也因此而起。一八七五年，日韓爆發江華島事件，韓軍大破。翌年日韓簽訂江華和約，李朝內憂外患加劇。

186 石川九楊：一九四五～，自幼學習書法，號「九楊」為中學時代師父所賜。現任京都精華大學教授與文字文明研究所所長。書法評論與書法史研究多次得獎。目前台灣有其門生。

187 揚州八怪：主要是金農、鄭燮、黃慎、李鱓、李芳膺、汪士慎、羅聘、高翔、華喦、高鳳翰、邊壽民、陳撰、閔貞、李勉、楊法等十五位書畫家中的任八人。明末清初藝術解放中核派。

188 阿拉伯書法：伊斯蘭律法嚴禁繪製人像畫，故文字藝術發達，書家地位崇高。此類書法以竹筆或蘆葦桿筆書寫，具有各種場合使用的書體，其中以可蘭經文與蘇丹（君王）花押（簽名）最為外界熟悉。阿拉伯書法透過回族傳至華中一帶，結合漢字行草筆觸形成「中國體」。

189 空海：七七四～八三五，平安時代初期僧人，真言宗開山祖師，諡弘法大師。八〇四年與最澄（七六七～八二二，天台宗創始者）入唐，於長安青龍寺隨惠果（七四六～八〇六）學習胎金兩藏，兩年後得傳法阿闍梨灌頂回國，於今和歌山縣北部高野山建金剛峯寺。日文諺語「弘法不選筆」則是指一個人的筆力優劣，與所持工具之良窳無關。

190 葛飾北齋：一七六〇～一八四九，浮世繪畫家，其《富嶽三十六景》於十九世紀轟動歐洲藝術界，尤其影響法國印象派繪畫與音樂甚鉅。

191 王羲之：三〇三～三六一，東晉瑯邪王家出身，官拜右軍將軍，史稱「書聖」。

192 文徵明：一四七〇～一五五九，名壁，號衡山居士，詩書畫三絕，與沈啟南、仇實父、唐伯虎合稱「明四家」。

193 伊丹十三：一九三三～一九九七，由平面設計師與演員轉行拍攝電影，初期作品如《葬禮》（一九八四）、《蒲公英》（一九八五）、《女查稅員》（1，一九八七；2，一九八八）、《鴻運女》（一九九〇）等均受到海內外高度評價。一九九七年由於籌拍以宗教勢力與幫派勾結為題材的新作，遭特定人士派打手逼迫跳樓。

194 Soleil：法文「太陽」，日本取其「向日葵」隱喻，由以少女插畫聞名的時尚教主中原淳一（Nakahara Junichi，一九一三～一九八三）於一九四六年創辦的雙月刊，至一九六〇年休刊為止共發行六十三期。

195 佐野繁次郎：一九〇〇～一九八七，西洋畫家，同時也從事商業設計與文學作品等書籍的封面與平面設計。

196 花森安治：一九一一～一九七八，雜誌編輯、平面設計師、記者。生活雜誌《生活手帖》創辦人。

197 婦人畫報社。

198 《婦人畫報》：一九〇五年創刊，日本最悠久的女性時尚月刊。三島由紀夫小說《黑蜥蜴》曾在本刊上發表。

199 高橋錦吉：一九一一～一九八〇，平面設計師。日本宣傳美術協會創辦人之一。亦設計《本の手帖》、《歷程》等雜誌的刊名標題字。著作除實用美工參考書外，也包括設計評論。

200 《美術手帖》：月刊，簡稱BT，一九四八年創刊，美術出版社發行。著重近代現代藝術與當代藝壇動態。

201 中川一政：一八九三～一九九一，無師自通的油畫家、陶藝家、歌人、書法家、平面設計師、作家。日本文化勳章得主。

202 中村不折：一八六六～一九四三，留法深造期間曾造訪雕塑家羅丹。回國後活躍直至晚年。《我是貓》原版插圖與題字，森鷗外墓誌銘勒碑。

203 俄羅斯形式主義：一九一〇年代中期至三〇年代的文學評論派系，在史達林大肅清時代成為批鬥菁英用的標籤之一。

204 良寬：一七五八～一八三一，曹洞宗雲遊僧、歌人、漢文詩人、書法家。號大愚。

205 一休：一三九四～一四八一，臨濟宗大德寺派奇僧，法名宗純，道號一休。長漢文詩與書法，二十六歲頓悟，後奉敕擔任大德寺住持，並接管靈瑞山妙勝寺，建酬恩庵（京都府京田邊市，又名一休寺）。生平傳說不斷，放浪可比濟公，後來更被改編成許多影視作品，以及電視卡通《一休和尚》（一九七五～一九八二）。

環太平洋電脳音楽会

胃袋を買いに。

椎名誠

文藝春秋

呼吸的文字

呼吸する文字

《鈴木勉206（Suzuki Tsutomu）之書》字游工房207一九九九年刊

在這邊我必須向鈴木勉先生與字游工房致上最誠摯的謝意。這幾年我的工作，有多半是靠「Hiragino」才支撐起來的，以後也不會改變。對我來說，排版用字體必須像一股可以安心呼吸的空氣一樣，而他們便提供了這樣的字體。

空氣可能是一種比較難理解的比喻，但是空氣也有分成好的與壞的空氣，關係到生命的延續。

眾所周知，電腦中可用的字體數量與日俱增。但是，這種傾向不也像照相排版時代一樣嗎？

每年都出現了各種不知所云的字體，並且在各種雜誌、電車車廂橫幅廣告與夾報廣告傳單中登場，然後隨即被下一波新字體驅逐，我稱之為文字的泡沫時代。

我因為身體狀況已經不適合手工，才把電腦搬進工作室。我長期不注重養生，而同一時期也發生了雲仙普賢岳火山爆發，以及拳擊手辰吉丈一郎208（Tatsuyoshi Joichiro）眼窩出血視網膜剝離之類的事件。

從活字到照相排版，再進入數位字體的時代。泡沫字體被一掃而空，回歸本位的時代終於來臨了。但是這時又因為業界的蕭條，而傳出一種風聲：這樣一來，又會有幾家照相排版行倒店呢？

在照相排版的時代，我也只用兩、三種字體而已，工作上也可以比較輕鬆。但是實際可用的還不到兩三種。我以前在某處發表過文章，說自己曾經描下民友社假名體與讀賣明體，收集起來當成自己的字庫之類，現在想起來會覺得是既樂天又欠思慮的舉動。但是那種在電腦上才做得出來的流程，卻與字體設計的方法不謀而合。雖然後來我的設計計畫就一直擺在那邊沒有完成，但是參加字體研發計畫有其意義，才會得到一些辛苦工作而產生的成果。能讓我從艱苦的作業中解放出來的，便是鈴木勉先生與他的字游工房。

我實際跟鈴木先生相處的時間其實不長，而且我們都是沉默寡言的人，所以無法充分交換訊息。但是他對於我這種默默工作的態度，仍然大方地回答：「只要您一直描出自己的字……」鈴木先生，接下來就是我們的努力了。

既然他的話匣子已經開了，我便坦白自己是長嶋茂雄[209]（Nagashima Shigeo）迷；接著又換一個地方告訴他，我喜歡看高倉健[210]（Takakura Ken）演戲。然後又告訴他，自己在度蜜月的時候，曾經從三十三間堂[211]的迴廊跳進院子……。而那天晚上，我一知道把ＳＨＭ[212]（秀英初號明體）做成照相排版用字體的，原來就是鈴木先生，便不管三七二十一告訴他：「這個字看起來像是穿著盛裝的武士……」他就輕鬆地回答：「不，其實是一股寒風吹過空曠的街道……」原來從他設計的字，還可以看得見那樣的風景呀。

雖然最後推出的字體還是以文字造形一決高下，但是造形的背景中，其實可以看到某種訊息，像武士揮刀一樣瀟灑俐落的筆畫，一看就會激起各種想像。鈴木先生可能想藉此告訴我們，會呼吸的文字就是這樣。

而鈴木先生離開我們，也將整整一年。我們到現在才在擔憂排版方法的好壞、表示文字多寡等問題。有一天，我們也應該忘記字體，而去嘗試愛惜文字的姿態，共度最幸福的時光。

206 鈴木勉：一九四九～一九九八，字體設計師，蘋果電腦隨機附贈的日文字體套件「Hiragino」開發者。

207 字游工房：字體開發零售公司。由鈴木勉、鳥海修（Torin-oumi Osamu，一九五五～，鈴木勉死後繼任字游工房董事長）、片田啟一三人於一九八九年共同成立。

208 辰吉丈一郎：一九七〇～，一九九一及一九九七年WBC雛量級拳擊世界冠軍。別稱「浪速小拳王」。

209 長嶋茂雄：一九三六～，讀賣巨人軍黃金期傳奇第四棒，與旅日全壘打王王貞治合稱「ON砲」（O為王貞治），曾連續九年蟬聯日本職棒年度總冠軍。一九七四年引退後，兩度受邀回到巨人軍擔任總教練。二〇〇一年獲頒巨人軍終身名譽教練，二〇一三年獲頒國民榮譽獎。

210 高倉健：一九三一～二〇一四，日本性格派銀幕小生、歌手；曾演出《網走番外地》、《昭和殘俠傳》、《日本俠客傳》等東映製片廠黑道片系列的主角；演出《黑雨》（*Black Rain*，雷利史考特導演，一九八九）、《棒球先生》（*Mr. Baseball*，一九九二）等好萊塢電影，以及張藝謀與降旗康男聯合執導的小品《千里走單騎》（二〇〇五）。

211 三十三間堂：位於京都的天台宗妙法寺蓮華王院本堂（供奉千手觀音），興建於十二世紀，堂外長廊共三十三根柱，江戶時代以來被各地藩鎮當做射箭比賽會場，六十米長廊的橫樑多處箭痕。

212 SHM：一九八一年由寫研株式會社開發，以一八九〇年代中期由秀英舍（大日本印刷前身之一）開發的第一款活字為基礎。秀英體家族二〇〇九年完成數位化，由軟銀科技（Softbank Technology, Inc.）網站「FONTPLUS」授權個人及法人付費使用。

開始用排版軟體 InDesign 工作

レイアウトツール「イン・デザイン」作業始め

《書與電腦》二〇〇一年春季號

某月某日

據說發表一段時間的 InDesign 終於要上市了。

那天《書腦》的編輯部突然交代我寫一篇試用報告，要我透過一些功能玩一些東西，並且把作業日誌記錄下來。我確實有喜歡新事物的一面，而且有時候也會不經意把「好像很厲害」之類的話掛在嘴邊，所以容易遇到這種麻煩。然而我不可能第一次用就上手。就算他們告訴我，這套軟體的捷徑跟 Illustrator 一樣喔，我也只有以「真的嗎？」敷衍過去，一面擔心不看說明書是否就無法進行報告；結果只好依照慣例，拜託我們工作室的三個年輕設計師（木下、礒田、田中）依照我的指示，以這套新軟體排版。

在我開始接觸麥金塔的時候，曾經向《書腦》線上版主編室謙二先生抱怨：「為什麼軟體就不能統合成同一個？一個人可以同時使用QuarkXPress、Illustrator、Photoshop等軟體，但要學會用每一種軟體，實在太麻煩了。」室主編就用哀怨的眼神看著我說：「其實軟體分工比較方便。」到現在我還不能理解……。

然後，業界便出現了以Photoshop或Illustrator為主要設計工具的設計師，他們以別出心裁的方式充分發揮個性與軟體的功能，但到現在還沒接觸到輸出的部分。而從打字到排版之間的編輯設計（editorial design），到現在仍然沒有出現能讓我服氣的說法。即使人家會說我不太懂得活用排版軟體，我仔細看那些會用的人，做出來的也不過如此而已……。

如果以手工時代的認知，我們會把「先文後圖」（後割）當做理所當然的排版順序，文字是絕對不可侵犯的存在。首先我們要在空欄上決定版面配置，再由文章長短決定字體級數，接著決定照片與插圖的大小，一鼓作氣完成所有流程。有時候再加上附圖說明文，以及削減過於花俏的裝飾。手工作業還是會有自己不滿意的時候。

進入一九七〇年代中期，業界開始出現「先圖後文」（先割）的排版順序，也就是先決定插圖照片的位置，再以文字補白，我覺得這樣一來，文字根本只是圖的陪襯而已，而在設計圈也被放在灰色地帶討論。這便是雜誌從「閱讀」轉變成「觀看」的過渡期。

接下來就是次世代排版工具 InDesign 的登場，設計師終於可以一吐悶氣，充分發揮埋沒多年的才能與創意。而且電腦上的作業可以無限次復原，既省下不少時間與嘗試的工夫，也可以同時進行、反覆進行，對版面無微不至地呵護，然後還可以減少工作上的衝突，又是一件功勞。

某月某日

該出題給年輕人做了。

我要求他們充分發揮 InDesign 的功能，排版交給木下彌，田中直子處理漫畫的話框文字，礒田隆親處理俳句的斷行。

「調整一下看怎麼樣？」第一個反應：「好像有點慢耶。」「那，多字體混排呢？」「日文版用的排版功能還在開發，而現在無法預覽直排文字。」「是喔？」「要植入本文需要經過多道手續，有點難懂。」「一樣的功能，譯名卻不一樣。」「比容易變換英數字全半形的

EDICOLOR[213]多一道手續。」「搞不懂哪一個元素屬性在上位階層。在已經指定字體的段落貼上附加文字的話，又多一個屬性出來。雖然與 Illustrator 相容，但很有可能會出現 bug。」「連結面板（link palette）上的『編輯原始圖稿』可以使用原來的軟體叫出原始圖稿，相當方便。這種功能是不是離老闆想要的更近一步了？」「對對對。」「雖然可以馬上製作 outline（空心）變化，但如果想要逐一變化文字，就必須解除複合路徑，而容易讓口、中、田之類的字從空心變成實心，要一一解除很麻煩。看來不能碰 InDesign 的 outline。」「這又是為何而存在的功能？」「另外就是如果印刷廠收PDF[214]檔的話，就可以不需要指定字體直接印刷……。」「然而就現在的技術規格，頂多只能輸出成EPS[215]後再當成圖層貼在其他軟體上作業。」似乎有各式各樣的問題。

某月某日

「看起來混排效果不錯。今天看看可不可以試試更過火的設計……。你看，這個小塚明體的異體字跟舊字體的混排好像很容易做。」

「混排本來就是這套軟體暢銷的原因之一呀。」負責日文版研發的片塩二朗回答。這套軟體中的日文字體，已經事先設定好拉丁字母、數學符號、標音用假名、強調用旁點與其他符號，以便排版需要。不管是底線的微調還是數字的上下對齊，都可以透過預覽看得一清二楚，並直接反映在本文排版上，算是幾項優點（只差直排文件預覽功能了）。

對直排為主的日文排版來說，無法預覽直排文件，是一大問題。據說過去的直排功能，只不過是重視底線的橫排文字（拉丁文字）衍生出來的產物，所以應該對齊的語句中心線必然走偏，並形成礙眼的排版。排版作業的大半時間，都在微調這種該死的偏移並不為過。

另外一個不得不提的功能，則是「組字留白設定」。文章裡一定有引號、括弧、逗點和句點，而這些標點符號在文章中應該是全形還是半形，業界依據各自的「專業需求」而莫衷一是。比方說，岩波書店跟新潮社排版會用的標點符號形狀一定不一樣，而這樣的配置也會影響文字的權威性。

《書腦》也給我們定了很多遊戲規則。不管是什麼規則，都是依照各自的喜好決定；而排版並不能隨心所欲，必須力求美觀易讀。普通反而是最困難的一種要求。

某月某日

字游工房開發的「游築三六海報體假名」與「游築五號假名」，是這本雜誌一直以來常用的標題字體。然而現在必須用到字體型錄，因為假名多少會摻雜漢字，而搭配的漢字又變成了「Hiragino 明體字」。光是交換一下假名，整句話的感覺都變了。

這套假名是以明治到大正年間，由築地活版製作所生產的明體鉛字為藍本開發；形狀和排列上有過剩感，但訊息性夠強，有自己的特色，適合用在古典文學或是古裝小說。光用腦袋理解文字是不夠的，我常常認為必須動用所有感官去理解。

字游工房的鳥海修在這本型錄的後記中表示：「應該娓娓道來的本文字體，接下來又應該是怎樣的型態，是否又只有聲音，甚至還可以呈現語調？是日後我們必須考慮的課題。」

而能夠順暢地調整排版的混排，在此又發揮了重要的功能。

213 EDICOLOR：由佳能公司開發的跨平台排版軟體，支援 Windows 與 Mac OSX Snow Leopard「以下」的作業系統以及 Open Type 字型，隨軟體附贈全套 Iwata 日文字體。

214 Portable Document File：一九九三年由 Adobe 公司由 Post Script 語言開發推廣的電子文件檔案格式，以 Acrobat Reader 等閱讀器、瀏覽器擴充套件可線上閱讀高品質文字檔案。以目前的技術規格，免費軟體即可製作簡單的 PDF 檔案。

215 Encapsulated PostScript：可以同時包容向量數據與高品質點陣數據的高品質圖像檔案格式，需要大容量儲存設備。

文字歷險記——與石川九楊對談

文字をめぐる冒険——石川九楊氏と対談

《新刊新聞》二〇〇〇年二月號

不寫字，文字就會消滅

石川　平野老師寫毛筆字嗎？

平野　很久沒寫了。雖然人家稱我是手繪文字的書本設計師，但我也有很多看不懂的漢字。以前我還在東京藝大當講師，在面試中國留學生的時候，看到了他的履歷表，上面寫的字就很飄逸。所以我覺得自己還是不適合拿毛筆（笑）。

石川　這樣呀（笑）。

平野　去中國的時候，看到普通人也可以寫出像《人民日報》版頭[216]那樣的書法。

石川　我在台灣也曾看到街上到處都是歐陽詢[217]或顏真卿[218]風格的招牌字體，而且都寫得很扎實。但是流行服飾店跟銀樓的招牌就跟日本一樣，都是美術字風格的毛筆字，沒有書法的樣子。這是否也意味著現代化呢？

平野　中國這個漢字文化圈的中心也一樣嗎？

石川　中國不一樣吧？

平野　人們對文字的態度，正處在一個激變期，而日本也逃不了這個轉變。在你的書中，我便看到了這個論點。

石川　我認為與其有文字，不如說是有「書字」，也就是書寫的文字，透過附加言語，而產生文字的效果。

平野　而這是從王羲之的時代開始。

石川　我記得大概是四世紀。而如果要我回答寫字的意義，對我來說，寫字是一種思考。施力於筆尖上，在紙上留下墨跡，再進一步講，就是作者朝對象的世界施力，而對象（紙）會將施力反彈。筆與紙間的施力抗力，可以形成充滿戲劇感的文字，我想也可以變成語言。

平野　這就是你所說的「筆蝕219」吧？

石川　對。問我為什麼在白紙上下筆的時候會緊張，主要是我要如何走向這個抽象畫的對象世界，要說什麼話，而在這種臨淵履薄的時候，我便會僵直甚至發抖。所以在簽名簿上署名的時候，會被人看到自己在發抖，那是因為我看到了書寫最基本的性質，就像口吃的本質一樣。這種動搖甚至顫抖，便會成為我發出前所未有之語的原動力。在漢字文化圈，常常以文字偏旁互組形成新字新語，或是結合不同文字創造新的成語。比方說「氣」加「空」等於空氣，加了「元」就變成了「元氣」……這樣下去，外界就會對漢字文化圈形成一種「氣的能量」好像存在的錯覺。但是空氣的英文是 air，元氣是 fine，並沒有為「氣」的概念製造產生的機會。

平野　使用拉丁文字母的語言都是拼音文字，所以在語言的結構上，才會跟充滿表意文字的漢字文化圈有所不同吧？

石川　在漢字這種表意文字的文化圈中寫字，就好像在語言製造的現場中製造怪詞彙，比方說花粉症就是其中之一。如果沒有花粉症這種名詞的話……。

平野　沒有花粉症這回事（笑）。

石川　我也覺得沒有。季節變換期的眼睛鼻子過敏，便可以說明一切。但是因為有了花粉症這樣的名詞，便有了相關的機關公布花粉資訊，讓更多人懷疑自己對花粉過敏有花粉症（笑）。

平野　反過來說，在那些很厚的辭典中有幾萬字，但我們現在實際在用的又有多少呢？

石川　言語在搖晃不定間產生，而不被書寫的言語將被淘汰；即使收進字典裡，在現實中也都是多餘的存在。而這種既被製造又被拋棄的循環，才是書字最能健全生長的環境。

平野　那麼由你的觀點來看，基於質感異於帶有筆蝕的書寫，你並不歡迎文字處理機的使用吧。

石川　文字處理機是造成文字思考分裂的最大原因。過去的書寫是一筆一畫形成言語，一筆一畫堆積出文字，並且以文字組成句子，接著換行，我想這是身體不需特別思考的直覺反應。如果能更加集中精神在反應上，又會產生光與熱。我只有在知道自己已經從白熱狀態中突破那條既成界線的時候，才能認定一件作品的完成。這時候身上活躍的就不只是大腦，以比喻性的言語來說，我全身的細胞都必須跟著思考，才能進行創作。然而文字處理機的操作並不是寫字時的線性思維，而是在鍵盤上以錯亂狀態移動手指；再加上輸入法不是羅馬字拼音就是片假名，運指就只會習慣這兩種輸入法。再者，文字處理機在大半時候只處理橫排文章。自覺意識上只會想像漢文假名交雜的文章，而雙手的運動也如剛才所說處在錯亂狀態。透過打字，我們漸漸習慣無關於手寫字的羅馬字與片假名輸入法，價值的分裂也由此產生。

平野　原來如此。

石川　表現的本心不僅在意識的自覺，也在不自覺的潛意識之中。如果潛意識（本心）已經習慣羅馬字與片假名的輸入法，人們又如何創造具體的語言？……我想這是不可能的，至少我就不可能。日本語言與文字的關係，不同於歐美的拼音文字；而現在日本文化的困境也與寫字的退化息息相關。

平野　至於我的工作則是書本裝訂設計，並不依靠來自自身的言語，而只是接受外面的訂單。我聽到書名，先花兩到三天探究作品的背景等基本資料，並好好思考手繪文字的形狀，再畫在素描本上。因為我做的是圖案文字，所以必須不斷嘗試錯誤。我一開始用鉛筆繪製草稿，便會出現與預想不同的結果。所以鉛筆畫跟腦海中的想像恰好相反，哪一個才是正確答案，才可能留到最後。你剛才提到關於「書字」的觀點我未必全部理解，但我腦中也有很多想法逐漸倒塌喔。

石川　現在有很多學書法的年輕人都變成寫字的電腦了。你用鉛筆在素描本上寫字，就形成了你的「甲賀流」，但你如果馬上坐在蘋果電腦前，是否可能做出異於以往的字體呢？

平野　還是有可能的。我覺得還是鉛筆畫比較好，如果以鉛筆畫為底稿，還可以繼續作畫。我開始用電腦作業，至今也已經過了七、八年的時間，在電腦上就無法呈現那些底稿的筆跡。然而我還是想要做出人臭味較少的文字，所以覺得電腦那種物理性的線條正合我意。但是一開始的出發點並不是在蘋果電腦。

石川　我在京都的一間美術大學指導設計學系的學生，他們也常常要我教導毛筆或鉛筆的用法。因為同學們早就習慣用電腦設計，希望我先慢點講書法方面的理論。等等，他們忽略了你剛才提到的素描。就算沒有湊齊從4H到6B的所有鉛筆，只要有一根4B就可以畫出各種深淺層次；而他們連這種經驗都沒有。

平野　我習慣使用Adobe的Illustrator設計字體，這個軟體的開發者似乎對於從古到今的各種印刷方法都瞭若指掌喔。我掃描鉛筆稿以製作線圖，再剪貼所有圖形要素，並且重疊、加上陰影……，把一九二〇至三〇年代的俄羅斯前衛設計的手法，當成自己的拿手絕活，才有這麼多可愛的細節。在手工時代我從事所有的美術字工作時，都會使用雲尺；到了電腦時代，電腦就是我的數位雲尺，用起來毫無阻礙。手寫對我來說是腦、眼、手一條龍，但用滑鼠總讓我感到綁手綁腳。你所說的筆蝕，對我來說是難以捕捉的概念。有一個設計師被建議使用電腦，他便以電腦設計缺乏紙張的應力為由拒絕。

石川　在緊湊的工作現場使用電腦，我覺得也是理所當然；但是要學童接觸電腦，我則持反對態度。尤其從思考力與表現力的觀點來說，毋寧是充滿缺點的。我剛才也說過，少了書寫機會的日本，將面臨文化的困境，甚至會形成經濟困境的遠因。這樣說或許像是逆說，但是電腦化會使得各行各業數不盡的職人技藝失傳。這不是時代錯誤的思考，而是我們面臨一種資訊化使人喪失身體性的情形。人必須習慣各種最新最進步的機器，已經形成一種本末顛倒的荒謬景況。

平野　但是硬體的技術開發人員也面臨了只有技術進步的危機，而我發現軟體同樣遭遇這種情況。我這行會說是畫面表示的文字方面的問題。再者，我發現最近的字體越來越醜。

平假名與片假名哪邊不一樣？

石川　我覺得文字變醜，是從照相排版取代活字印刷開始，以及文字被稱做字體的時候加速的（笑）。

平野　這方面的悲劇，說也說不完。

石川　另外就是電腦化潮流下，中韓日台都有漢字，形狀卻各有不同，在國文學界與文學界都是很大的問題。但是真正的書體是在手寫體上，而活字或照相排版中使用的文字，不過是一種代用的工具。一套「康熙字典體」中有很多沒被用過的字，與字體名稱互相矛盾。如果以印刷文字未必表示絕對標準為前提來講，文字筆畫中不管是雨滴一樣的點，還是釘子頭一樣的點，我覺得都已經不是問題。如果這時候又強調什麼民族主義，根本是多此一舉。印刷字本來就應該要像是筆記體才對。

平野　漢字編碼的問題似乎由來已久，簡單打個比方來說，吉田這個姓氏的「吉」上半部是「士」還是「土」，在報戶口的時候一不小心很容易寫錯，甚至被多加幾點（笑）。

石川　日本限制常用與當用漢字字數，和異體字的數量增加正好相反，而且我覺得不至於成為大問題。印刷文字本身就帶有許多錯字，我覺得將來最好應該順著書寫發展一起演進比較好。比方說，如果你不喜歡「藝」這個字被簡化成「芸[220]」的話，就繼續堅持傳統寫法，否則舊字就會被忘記不是嗎？我覺得如果舊字失傳，也是一件無可奈何的事。

平野　我也有同感。

石川　戰後縮減漢字字數的唯一好處，只有在接續詞、副詞或助動詞上不會再出現奇怪的漢字。

平野　像「兎に角」（總而言之）那種。

石川　對。然而文字處理機又讓這種反動的現象復甦。好不容易透過文字改良葬送在歷史中的陋習，如今又死而復生。如果有人故意要這樣寫的話也就算了，偏偏時下很多人以此故做風雅，或覺得很好玩，我覺得這樣很糟糕。

平野　那麼在搖擺不定下的書寫文字就比較好嗎？

石川　對。我認為漢字如果不繼續被書寫的話，命運將非常地悲慘。透過文字處理機，我們看到假名化與漢字假名夾雜派的論爭是由後者得勝，實則不然。文字處理機的普及，讓假名朝羅馬字邁進。習慣鍵盤的觸感[221]（touch-typing）後，手指（本心）便與羅馬字（拉丁字母）完全親和化了。至於文化上的論爭，我想將單純因為機器的發明而邁向終結。實在太愚蠢了。

平野　前陣子我去了韓國，並且有機會跟在地的字體設計者討論，他們表示他們的總統有意讓漢字復活[222]。韓文這種表音文字，除了表現古典文學的意境，還有很多感覺無法表現；接下來他們將如何讓漢字復活，或要不要做，我都無從得知，不過我知道會是非常困難的一件事。因為韓字（한글）具有背負國民民族主義認同象徵的一面。

石川　如果漢字在韓國無法復活，我想也是一種不幸。韓國字是訓民正音[223]（훈민정음），是將漢字韓音化後的發音符號；基本上如果點綴漢字單位的斷字，則恢復漢字的使用，可增進韓語的造語力。再以日本語比喻，韓文字並不是平假名而是片假名。平假名與片假名的不同，在於片假名沒有連筆，換句話說就是平假名是為了連結字與字存在的「續字」。這種續字可以讓文節更加穩固。比方說，漢文的「春雨」與英文一樣是逐字分開，到了片假名的「ハ・ル・サ・メ」（ha-ru-sa-me）也以音節區分單位。這樣一來就無法像日文一樣順利接續下一個文節，所以就有了將「は」和「る」、「さ」和「め」（ha-ru, sa-me）串在一起的平假名。換句話說，平假名是一種適合日文書寫的文字。韓文字並沒有相當於平假名的書寫字體，而韓國人的手寫字，不論橫寫直寫都無法接字，令我感到相當訝異。

平野　不過我以設計的觀點來看，反倒覺得充滿合理性與造形美。尤其是電腦時代以後，也就不需要完全四四方方，由不忌諱突出的巧思，可以創造出新的字體。這麼一來漢字也可以像英文字母一樣，做出以字型凹凸補齊的等距排版了。尤其是橫排的時候更明顯。

石川　韓文招牌字非常漂亮，不過也因為韓文沒有手寫體，便妨礙了書體字的真情流露。

明體字的「大問題」

石川　漢字遇到的狀況也一樣，在活字之中，明體字在設計上的最大問題就是平假名。有的地方很粗，有的很細，無法一口氣讀完。至於最近的照相排版用字體，比方說

「の」（no）這個字，甚至沒有收筆。因為「の」源自漢字的「乃」，所以最後一定有收筆。我認為如果沒有透過書法，一筆一畫認識一個字，是不能夠稱得上文字設計的。

平野　嗯……。像我這種手繪文字工作者，常常都不管文字構造直接畫的（笑）。

石川　我沒有把你在書籍設計上創造的文字算進去，但是明體字真的很麻煩。我基本上支持書籍本文使用明體字，因為明體是人類書寫歷史累積出來的成就。那麼，字體設計師也就必須從歷史的軌跡上創作這種明體字了。在明體字的問題上，也可以看見書寫退化的陰影。為什麼不照著原來的書寫原理，而只是有樣學樣地製造字體，這樣的字體看了心裡實在很不舒服。

平野　我到現在都只提到跟做書有關的事情，但是即使我知道傳統、正統派的做法，我的手繪美術文字也是累積父母親一代在內幾十年間所見的既有字型而成。即使是錯字，也會以懷舊感為由大膽使用。即使你知道了一定會生氣，我還是照用。不管說這是文字的狀況還是命運，文字都默默接受了。比方說過去淺草的劇場招牌、大眾文藝的標題字體，都有這樣的情形。那樣的文字[224]已經無關明體字或書法字，我認為已經是一種全新的傳統。所以我不認為第一次看到的人會有隔閡感或落差，那些美術字一定是為了引起共鳴，才被製造出來的。而得到共鳴的觀者一定也帶著傳統、歷史的包袱，這樣的連結我覺得一定存在，不然我連一個字都畫不出來。

石川　我也遇到一樣的情形。正如同你所說，現在能做出一幅作品，正是繼承了過去的各種傳統；當然書法免不了傳統的影子，如果有寫俗字的需要，我當然也會用在作品上。在創作上，我幾乎都會寫一些難懂的字。回到明體字的問題上，我還是覺得以一種規格來說，需要更審慎的管理。

平野　明體字的歷史大約一百年，卻能獲得穩固的公民權。現在每一篇公文書都必須以明體字印刷，可見日本人多麼喜歡這種字體。不過我還是期待有人能打破這種文字習慣。

石川　我想其中大概有一個最主要的背景，就是明體可以取代書法字。明體是以橫筆為主的字體，橫筆細、豎筆粗。日本最早的明體字之中，漢字取自康熙字典體，假名取自江戶木版活字。所以漢字打一開始就很大，豎筆更粗，而後慢慢改進成現在我們習慣的樣子。後人努力調和漢字與假名間的關係，把漢字的豎筆打薄、假名文字擴大之後，個人感覺最能取得平衡的字體，則是一九六〇年代報紙用的「新聞明體」。

平野　我也喜歡當時的新聞明體。

石川　到當時為止，業界都在致力於讓明體字更好看，然而到了照相排版時代又變醜了。我認為那是因為大家開始瞧不起收筆不俐落的書寫文字的關係……。就算是Hiragino明體推出後我有各種看法，終究那還是一種發育不完全的字體。

平野　那些開發Hiragino的人正好是我的朋友，他們聽到你這樣說，一定會覺得很難過；但我還是認為他們在數位字體這方面，已經相當盡力了。然而礙於電腦的解析度，電腦上是不可能重現像秀英體初號那麼有韻味的字體。即使減少筆畫彎曲以節省電腦記憶容量，也是無可奈何；我想將來一定會有更好的字體推出。

石川　確實應該繼續改良。改進明體字不能只靠設計師努力，最好還有書法家與文字學者參與，以及過去的鉛字工匠跟出版編輯一起獻策。

平野　Hiragino那些人自己後來也曾表示，不想再使用這種刺刺的字體，而最近也推出稍微圓潤的字體，只是在普及上需要考量到經濟的問題。因為漢字有幾萬字，在開發上如果沒有贊助廠商，畢竟是非常困難的事。我不能特別指明六〇年代的字就最好，但最近的字體不好，也是不爭的事實。

石川　你是說活字。

平野　對。其實就算是活字，在某個時代也曾被當成一種帶有風情的文字，常會讓人懷疑這種字到底怎麼製造出來的。

石川　我想是寫字水準夠高之後才有的現象，因為大家對文字的要求也更高了。

平野　現在大家反而都不大關心了。就算筆畫多的文字在電腦上容易糊掉，只要印得出來就算了。用到八或九 point 的小級數本文文字印刷「貴」這個字，則橫向筆畫全會不清楚，不過日本人還是看得懂。到了使用拉丁字母的國家，大概不容許這樣的情況發生吧。

石川　那是因為他們是表音文字，特別重視拼字的關係。

平野　你覺得文字的頹廢出於什麼原因？

石川　大家不提筆寫字的關係。再來就是橫寫。平假名是縱向文字，橫著寫會很奇怪，就像是直排英文字母的手寫體一樣，一旦你把手寫體直排，就必須要重新製作作品，而書法現場就是這種情形。平假名的「ま」（ma）在橫寫的時候，第三筆無法往下接，只能在下面交叉的地方收筆；「お」（o）的最後一點也顯得不自然，在第二筆收筆比較自然。而圓體字就是由這種窘境下產生的，因為再這樣下去寫字會很累。鉛筆字的書寫習慣，也因為圓體字的出現而改變。現在的年輕人習慣抓筆的方式握筆，讓手腕容易附著在平面上，字也比較狹長而不好看。那是因為習慣橫寫，而偏離了文字的規範的關係。所以鉛筆握姿不好，並不僅是家教不好的問題，甚至可以往上推到對戰後佔領政策的反抗，書籍的直排文字，便是唯一的反抗。

平野　以前《讀賣新聞》就曾經橫排，不過因為市場反應不好而馬上改回直排。

石川　現在日本也只有《讀賣新聞》的報名題字是橫向，我主張日文印刷應該全面回歸直排，如果不想這樣，至少也應該開發橫排用的新漢字、新假名。但這樣一來又非常麻煩，不如回歸縱向書寫。

平野　日文的橫排字在戰爭結束前都是右起，那也是一種直排對不對？

石川　一字一行的直排。

平野　現在的車子右側橫向字，也常看到右起文字，我想那樣寫起來比較方便。

石川　縱向書寫不管是左起還是右起都是一樣的，簡言之就是一種跨越，需要阻力。如果由左而右書寫既輕鬆又毫無阻礙，那又為什麼要往麻煩的方向書寫呢？不論是不是文化上的無意識，從最基本面看來，文化並不追求輕鬆，而求帶有阻力的安全性。在由左而右的橫向書寫被視為理所當然的七〇年代以後，人們便開始追求輕鬆了（笑）。

平野　原來如此，文字處理機的使用與橫排和文字的頹廢有關係。

石川　我便是這樣想的。文字處理機最可惜的地方，就是讓字醜的人全都買來用。字再不好看，漢字再不會寫，都顯現出一個人的個性；對創作者來說，就如同你所說，手寫字的「人臭味」消失也是一大課題。如何減少那種強烈的「臭味」呢？

平野　我們再怎麼努力，也無法抹滅這種味道。我最近想重整風格，結果人家說我怎麼變都很好分辨。而我還是手繪每一個字，並且與停滯對抗。如果不努力繪製自己的文字，做出來的字就有那樣的臭味。

石川　簡單來說，你設計的書都很漂亮。

平野　因為只能靠設計取勝（笑）。

石川　晶文社的書幾乎都是平野老師設計的，在日本出版界算是特例吧？

平野　因為兩邊都很窮，所以沒辦法分開，算是一種孽緣（笑）。

石川　（笑）我也替書題過字，發現這種工作很難。

平野　一般書本的平面設計可用照片或插畫當封面，當然還有其他的方法；但如果把這些要素減到最少，又會變得怎麼樣呢？就只剩下文字。像法國就有一本書，完全以紅、黃、黑色活字組成封面，看起來實在很棒。當然這種編排需要有排版者這種行業才能成立。如果這樣也不行，就只好大膽用手畫出標題字；這時候讀者一定會產生排斥反應，說這樣的字看不懂、不符合作品概念……。我工作的初期總是和出版社吵架，而現在則抱著一股不畫不可的使命感工作。

石川　杉浦康平的設計，很明顯地強詞奪理，把所有的東西都佔為己有。而看到你設計的書，便感到你對作品內容的關切之深。

平野　我也有膽小的一面，不僅是對於原作者，也是對於編輯、出版社與書店感到惶恐，有的時候也會從頭再做。我覺得並不需要老是維持同一種設計，即使是文庫書系或是全集，在設計上都會一點一點地改變。有時候作者也會同意，一直保持同一種風格，終將有難以提筆的一天。所以稍微讓自己的作品流動，有時候重畫美術字，不也很好嗎？我就想朝這種方向努力。

216 毛澤東題字。

217 歐陽詢：五五七～六四一，初唐政治家、書法家，初期受王羲之、王徽之父子影響，後來在楷書中融入隸書筆法，後人稱為「歐體」。其《九成宮醴泉銘》（六三七年立碑）為初學楷書者必臨之教材。

218 顏真卿：七〇九～七八五，唐朝政治家、書法家，與同朝歐陽詢、柳公權、元帝國趙孟頫（一二五四～一三二二）合稱「楷書四大家」。

219 筆蝕：九楊發明的用語，不僅包含對筆「觸」的描述，更加重對目標媒材的觀察。

220 日本略字。中國寫成「艺」，台灣三者通用（手機及平板電腦手寫輸入法發達後尤甚）。

221 電腦用標準 QWERTY 打字機鍵盤的F與J鍵下緣各有一個突點，方便習慣使用鍵盤輸入者辨識位置。

222 漢字復活：一九四八年，韓國制定「韓文字專用法」逐步廢止漢字使用，只准許歷史、法律、醫學等高度專業領域文獻使用漢字，以求精確描述；而民間與大眾媒體如果使用漢字，錯別字率極高。一九九八年，前大統領金大中（一九二五～二〇〇九）公開宣告漢字復活，韓國國鐵車站開始出現漢文註記。二〇〇四年「全國漢字教育推進總聯合會」領導人李在田死後，韓國的漢字基本教育與推廣繼續打迷糊仗。此外，北韓不使用漢字。

223 訓民正音：一四四四年由世宗大王從「月光透過窗框照到地上」得到靈感，發明方便百姓使用的諺文（언문）。根據美國哥倫比亞大學朝鮮史研究專家 Gari Ledyard 研究指出，世宗大王時代出現的韓字母，與元朝忽必烈大帝的國師八思巴（一二三五～一二八〇）由吐蕃文字改造而成的「八思巴文字」（蒙古篆字）有許多相似之處，並非原創文字。

224 大約一九二〇、三〇年代。

甲賀之眼：我的設計見聞錄——還是有個性的插畫好

甲賀の眼：僕のデザイン見聞史——型のあるイラストレーションが好きなんだ

《書與電腦》二〇〇一年秋季號

——請問您記得小時候最早看過的插畫嗎？

我記得是在戰時看到的《三劍客[225]》（*Les trois mousquetaires*）圖畫故事書，那也是我最早看過的漫畫與插畫。雖然文字本身還是軍國主義時代的寫法，插圖卻意外地和藹，像歐洲的繪本一樣高雅。前陣子我在舊書店的型錄上曾經看到這本書，卻一直猶豫要不要買。

這本《兒童漫畫》是昭和初期《現代漫畫大觀》（中央美術社）全集中的一冊，出版於昭和三年。書中包含了岡本一平[226]（Okamoto Ippei）、前川千帆[227]（Maekawa Senban）、宮尾重雄[228]（Miyao Shigeo）等先驅的漫畫，還有畫《野狗小黑[229]》的田河水泡[230]（Tagawa Suiho）和畫《戰車丹九郎[231]》的阪本牙城[232]（Sakamoto Gajo）。因為我有哥哥，才有機會看到這些老漫畫。在這些漫畫中讓我印象深刻的是前川千帆和宮尾重雄。這兩位漫畫家的作品，在畫工上的樣式美相當強，有一種非常安定的風格。

——所謂具樣式美的插畫，又應該是什麼樣子？

如果以相撲比喻，佔上手（便於施力）位置的力士絕對會贏。好看的插畫大概也像這樣。

現在的插畫多半缺乏樣式感，而比較重視作者的個性與畫風。我不是不喜歡這樣的插畫，而且帶有自己風格的插畫家，讓我的工作比較有鬥志，當然要以有機會一起工作為前提。

所謂的風格，並非一個人就可以成就。剛才提到的那些戰前日本漫畫家之中，有多數深深受到喬治．葛羅士233（George Grosz）之類的歐洲畫家影響。透過學習這類作家的風格，能開發出自己的風格也是可以想像的。

以現代的插畫家來說，我喜歡的是替福音館書店的繪本畫插圖的 Okabe Rika，因為她就有具體的風格。你看《變成好孩子的方法》（福音館書店）的後半，不是有附黑白漫畫嗎？那篇漫畫中的人物在每一格中都慢慢地變化，以配合故事進行。不需要台詞，而且一目了然。我看到這篇漫畫，心中便想：「她一定是受到捷克畫家約瑟夫．拉達[234]（Josef Lada）很大的影響。」不過我不知道本人的情況如何就是了。

另一方面，日本畫風的畫家也不在少數。他們以毛筆一鼓作氣地作畫，最後落款捺印，再喊一聲「大功告成」！他們不都活在這種世界嗎（笑）？比方說，岩崎知弘[235]（Iwasaki Chihiro）就是這樣。這種插畫很多，也比較受到廣泛的支持。

所以諷刺漫畫（caricatures; editorial cartoon）在日本很難做起來，因為作者很容易陷入意氣用事，大家寧可做一些剪貼畫或是繪畫信。當然哪樣的創作都好，但是我很難說這樣的創作就很好（笑）。那些都是幾種表現形式，連寫個文章都故意寫得不清不楚，只是我不喜歡這種樣式。

——那麼在海外，就有很多像您剛才所說有自己風格的畫家吧？

有，但舉不完（笑）。

首先要舉的是梅維爾（Herman Merville，一八一九～一八九一）的《白鯨記》（*Moby Dick; or, The Whale*）內頁插圖，作者是洛克威爾．肯特[236]（Rockwell Kent）。我小的時候，三笠書房推出過全五集，而跟本文相比，我更喜歡那套書的插圖。那些圖都是用木口木版[237]（woodgraving）刻成，也說不定是刮版畫[238]（scratchboard），是一種常在藏書票上看得到的洗練風格。

另外就是捷克的拉達。我是在看了雅羅斯拉夫．哈謝克[239]（Jaroslav Hašek）的《好兵帥克》（*Osudy dobrého vojáka Švejka za sv tové války*）的插圖以後，才認識這個插畫家的。而我當初也是因為有意改編這本小說，才去讀它的。拉達的插圖一定先從構圖與線條先下手，樣式清楚易於分辨，有如古代的浮雕（relief）。

在美國的新聞報導界，向來有諷刺漫畫的傳統。這裡有一本由「神聖怪物」（Monstres sacré）繪製的插畫集，你看這幅圖中的人是不是很像費岱里科．費里尼[240]（Federico Fellini）呢？他的誇大化風格變化很多，也曾經以極簡單的線條畫了不少好萊塢明星的肖像，不過現在我手頭上沒有。

至於美國漫畫界則有《痞子貓弗利茨[241]》（*Fritz the Cat*）的作者羅伯·克朗姆[242]（Robert Crumb）。克朗姆專門畫「麻木者」（stones），也就是沉迷毒品無法自拔人們的生活，此外也畫性愛的世界。他最近也為布考斯基的小說繪製插圖。

至於墨西哥的話，就是黎烏斯[243]（Rius）。他以漫畫解說馬克思主義與格瓦拉的生平，我跟他本人聊過。

——那麼亞洲的漫畫呢？

我一九八一年去過一趟泰國，偶然走進一家書店，看到一本由阿閏·瓦洽拉薩越畫的時事漫畫集。他以一種穩健的筆法，強烈諷刺政治現象。我一邊翻閱一邊心想：「這是怎麼回事？」於是一頭栽進亞洲漫畫的世界了。當時我也參加水牛樂團的活動，並漸漸感受到身邊亞洲文化的氣息。

馬來西亞漫畫家拉特[244]（Lat）的《甘榜男孩[245]》（*Kampung Boy*）日文版（晶文社）的書本設計由我擔綱。他的漫畫兼容了大人的冷靜與溫暖的觀點，每次看了都會覺得充滿活力。大人小孩看了都很開心喔。

拉特一九八〇年代來過日本，並把日本見聞畫成漫畫，非常有趣，你看……。他在日本看到什麼都畫，比方說「愛德蘭絲」假髮廣告也畫，右翼團體的宣傳車也畫。他筆下的日本人都會上錢湯（大眾浴場），但我發現日本人走起路來根本不像這樣（笑）。我有點遺憾，為什麼他觀察到的日本會是這樣？

再提到日本人，發現例子又舉不完。前陣子我看了一本舊雜誌，發現小野佐世男[246]（Ono Saseo）生前其實是很時髦的。三〇年代有這麼多人走這種路線喔。

我們接下來談談八島太郎。晶文社復刻了《新太陽》。這本書本來是在美國出版的，也就是說原版是英文。全書以木版畫風格的插圖，描述太平洋戰爭開戰前後一個年輕人的故事。那種類似拉洋片一樣的並排陳列，感覺上很像是愛德華・里爾的滑稽繪本。發生在日常生活中的可怕變化，簡直像是看博物誌一樣，不斷有新的情節展開，使人增長見識。

這種帶有一個明顯風格的作品，使人一眼看了就印象深刻。一提到拉達還是拉特，我們腦海中便會馬上浮現他們筆下的人物；而他們的插圖也讓我放心，覺得可以看到「很好的插畫」。

——如果您在自己的設計中採用別人的插圖，有個人風格的人是否就比較容易合作？

當然是這樣的喔！如果是具有穩定風格與訴求的插畫，我的設計作戰也比較好打。當時在幫拉特設計書的時候就很愉快。如果我能用到拉達的插畫……一定會很快樂吧？

——難道您就不曾想過自己畫插畫嗎？

如果我能畫得像拉達那麼厲害就好了（笑）。但我畫不出來，才往手繪文字的方面發展。我如果動筆畫插畫，頂多也只能模仿拉特，而且學不像，更談不上超越。就算「很像」拉特，也無法成為拉特，正是騙得了別人，騙不了自己。即使無法超越別人，自己還是朝著某種目標前進，而現在我只能從那個方向找出自己的風格。不過從工作的立場上來說，還是跟理想不太一樣的。

我自己的風格的話，不管在設計還是版面構造上都有一種自負。並不是想做什麼就做什麼，但客戶通常沒有多大意見。如果有人看了我的設計，就對我說：「從你畫出這樣的曲線和留白，可以看出你喜歡拉達。」則是我內心最大的快樂。

——您對於插畫與設計間的關係有何看法？

我以前曾經與一位插畫家發生過論戰。我主張插畫家畫一頭鯨魚，就必須讓人一眼看得出那是鯨魚，而且線條越簡單越好。所謂插畫是不需要各種說明加註，追求一目了然的藝術。即使融入了作家的思考與感情也無可厚非。一個插畫家至少必須表現出作者的訴求。

而我在設計的時候，能讓我提起幹勁的，就是那種具有形式美與風格樣式的作品。比方說我看到戰前的雜誌《新青年247》，有一些插圖本身就已經是了不起的作品；但更吸引我的是那些單格漫畫的手繪標題字、商標文字、廣告裝飾等符號化的插圖。我主要受到這些符號化插圖的影響。

我想，符號或芻像就是最極端的插圖。就像去殯儀館會看到的「遵行方向」手指圖案（笑）。有時候也有一些符號，是由電腦鍵盤打出的文字排列而成。像我就喜歡Emigre[248]公司的平面設計，聽說老闆是美國的荷蘭移民，它們的字體跟平面看似溫暖，但背後似乎都有很長的故事……我還是想說，不管被誰怎麼用都不會顯得難看的插圖，才是我要的。

——您覺得保持設計的安定感，需要什麼條件？

先岔個題，來講講我在泰國的經驗。我在清邁的烏蒙寺買到這樣的繪本。雖然我不懂泰文，但人家告訴我這本書是一個叫查邦的人所畫，書名叫《釋迦尊者的教誨》。這本書給我很大的震撼，因為我想他一定沒有學過畫圖，卻能精準捕捉人物的神韻。他的畫風非常激進，也有批判精神。一旦我們帶有批判性的眼光，觀察也會變得比較敏銳，並且能牽引出新的發現。不僅是泰國，在美國還是捷克也是一樣，會出現一些屹立不搖的插畫。有了這樣的觀點，也就很容易靠同樣的角色建立一系列作品。

但是現在日本的插畫界，並沒有這樣的眼光，頂多只有像哆啦A夢那種角色，被世界各地的兒童當成英雄（？）崇拜。我知道在這種時代要畫政治漫畫會碰上很多禁忌，所以大部分插畫家都只想靠自己的風格在業界中立足。

不僅是插畫，設計也必須對社會有一種批判性的眼光。比方說《生活手帖》的設計，就固定在對生活風格提案的具體模式上，雖然常常變成調侃的對象，但他們對於編輯上的堅持也顯而易見。

——現在的設計界也有批判的態度嗎？

我想還是有，只是很少看到。

其實我在電腦上就有看到這種態度。我剛開始接觸麥金塔的時候，便感到設計技術已經發展到這麼高的水平了。先從圖形處理軟體的工具來說，一個游標可以變成手指型，可以平順移動、旋轉、反轉、剪裁……之類，讓我感覺到好像用到了熟悉的工具。現在已經習慣了，不過當初因為有了「剪下、貼上」的功能，反而擔心剪刀與膠水派不上用場（笑）。檔案夾與檔案，也讓我想到以前的一種電話簿，只要從外緣找出「字頭」，就可以馬上找到想要的電話。檔案用的圖案也讓我聯想到俄羅斯前衛運動，就像當時艾爾·利希茨基[249]（El Lissitzky）為弗拉基米爾·馬雅可夫斯基[250]（Vladimir Mayakovsky）設計的詩集[251]，便已經出現了類似字典書口的概念，每一頁的邊緣都有按章節印出小小的圖案。

所以我們不應該為了使用數位技術，而放棄既有的技能，更應該好好整頓自己的新技術。雖然是理所當然，這樣的技能還是建立在生活的習慣或風格上。從小就接觸到電腦的小孩，可能對於這樣的技術毫無感情；但我至少知道用 Illustrator 的剪刀工具，是剪不開到府快遞包裹上的尼龍繩的。

——那麼有個人風格的插畫與電腦是否匹配呢？

我想是。只要有了 Illustrator，很多繁雜的作業流程都會變得簡單。如果拉達活在現在，他作品中那種很粗的線條，電腦馬上就可以辨識出來，並且立刻轉換成向量圖。而且他總是使用各種粗細不一的筆繪製不同線條，Illustrator 簡直是為他設計的工具。

也就是說，電腦軟體必須具有「可以安心使用」的合理性。在此指的不僅是檔案格式或相容性，不僅包括文字編碼等具體的合理性，在開發與銷售的態度上，也要符合社會的需要與親和度才行。這種合理性與社會性，我覺得具有完善溝通力的插畫與電腦，一定可以維持良好的關係。

（訪談者：河上進）

225 三劍客：大仲馬（Alexander Dumas，一八〇二～一八七〇）著，一八四四年於法國《世紀報》（*Le Ciècle*）連載，描述戰亂下主角達達尼昂與三劍客間的友情。本作含後續作品共分三部。主角四人隸屬於配備長火槍（musket）的「龍騎士團」，但書中多半以擊劍為主。

226 岡本一平：一八八六～一九四八，漫畫家、小說家、作詞家。「漫畫天皇」手塚治虫漫畫人生的啟蒙者。

227 前川千帆：一八八八～一九六〇，漫畫家，日本版畫協會創設者之一。

228 宮尾重雄：一九〇二～一九八二，一平得意門生，江戶庶民文化研究家。

229 野狗小黑：一九三一年起於大日本雄辯會講談社（講談社前身）《少年俱樂部》連載，描述一隻狗從軍的故事。戰爭期間一度停刊，戰後繼續連載至原作者去世，並由弟子三人繼續創作。

230 田河水泡：一八九九～一九八九，前衛美術集團「MAVO」成員之一。由創作落語（單口相聲）作家轉行成為日本最早大眾漫畫家之一。

231 戰車丹九郎：一九三四至一九三六年連載於大日本雄辯會講談社《少年俱樂部》。日本科幻漫畫的始祖。作品後期出現的反派「黑盔甲」，被日本科幻迷稱為一九七七年美國太空武俠片《星際大戰》（*Star Wars Episode IV: A New Hope*）中登場大反派維達（Darth Vader）的原型。

232 阪本牙城：一八九五～一九七三，一九三九年應邀赴滿洲培訓愛國漫畫少年，戰後受困於朝鮮半島北部，返國前目睹各種慘狀。一九五六年，以「阪本雅城」（日文讀音相同）名義全心投注於水墨畫創作。

233 喬治·葛羅士：一八九三～一九五九，德國諷刺畫家，被譽為「二十世紀最偉大諷刺畫家」。一九一〇年開始在報紙上刊登諷刺漫畫，漫畫生涯中曾引起許多爭議。第一次世界大戰自願出征身受重傷，一戰結束後曾加入達達主義創作集團與德國共產黨前身「斯巴達克斯團」（Spartakusbund），一九三三年流亡美國，並於日後歸化美國籍。美國藝術文學院（American Academy of Arts and Letters）、德國藝術院（Akademie der Künst Berlin）雙院士。

234 約瑟夫·拉達：一八八七～一九五七，捷克繪本之父。晚年被政府頒發國民藝術家頭銜。

235 岩崎知弘：一九一八～一九七四，日本共產黨員，日本最有名左撇子女性畫家。除了黑柳徹子《窗口邊的小荳荳》（一九八一）精選知弘生前插圖外，她大量描繪關於小孩與反戰的插畫，也在東西陣營引起廣大共鳴。一九七二年波隆那兒童書展（Bologna Children's Book Fair）插畫類大獎得主。

236 洛克威爾·肯特：一八八二～一九七一，二十世紀最重要的美國版畫家，同時也是插畫家、畫家、作家。曾任美國版畫協會理事長。

237 木口木版：相對於以樹木縱切面製造的木紋木版（woodcut），以樹木的橫切面製成的木版；特徵是質地軟易於下刀。

238 刮版畫：以金屬針等尖銳物刻劃黑色表面作畫。

239 雅羅斯拉夫·哈謝克：一八八三～一九二三，捷克諷刺作家，無政府主義者，與同鄉卡夫卡齊名。《好兵帥克》為以憨直士兵「帥克」為主角的短篇故事集，作者死後才得以發行。

240 費岱里科・費里尼：一九二〇～一九九三，義大利電影巨匠。《大路》（*La strada*，一九五四）、《甜蜜生活》（*La dolce vita*，一九六〇）、《8½》（一九六三）等片，至今仍為世界各地文藝青年奉為圭臬。晚年獲得美國影藝學院頒發金像獎終生成就獎。

241 《痞子貓弗利茨》：充滿黑色幽默的成人漫畫，一九六〇年代美國地下文化的聖典（cult）。一九七二年作者因不滿動畫長片製作手法，憤而在漫畫中殺死主角以示抗議。

242 羅伯・克朗姆：一九四三～，美國地下漫畫教父，世界最知名的左撇子漫畫家之一，同時也是資深七十八轉老唱片收藏家。

243 黎烏斯：一九三四～，插畫家、漫畫家。一九五五年出道，以一貫的反美反以色列反史達林（親蘇親古巴）立場聞名西方世界。一九六六年發表《漫畫古巴入門》（*Cuba para Principipantes*）開創「漫畫入門」（……For Beginners）漫畫系列先例。

244 拉特：一九五一～，生於馬來西亞怡保的漫畫天才，十三歲就靠漫畫名利雙收。二〇〇二年福岡亞洲文化獎得主。

245 甘榜男孩：發表於一九七九年，馬來西亞家喻戶曉的漫畫作品，曾被改編成舞台劇。

246 小野佐世男：一九〇五～一九五四，既畫漫畫與西洋畫，也寫小說與評論。瑪麗蓮夢露第一次訪日時，因上樓電梯故障，在大樓樓梯間心肌梗塞致死。長男耕世（一九三九～）為電影、日本科幻文藝及海外動漫研究評論權威。

247 新青年：在此指日本由一九二〇年至五〇年間發行的推理小說雜誌（博文館發行），包括江戶川亂步、夢野久作、小栗蟲太郎、橫溝正史、山田風太郎等推理、獵奇、時代小說家均曾在本刊發表作品。

248 Emigre：一九八四年成立於美國加州柏克萊（Berkeley）的獨立鑄字工坊（不依附於任何印刷工廠）。一九九〇年代中期以後，逐漸由引領雜誌界潮流的新穎字體路線，轉變成以精緻典雅的合字（ligature，如「&」為et的合字，德文字母「ß」為ss的合字……）、圖案文字（dingbats）為主。

249 艾爾・利希茨基：一八九〇～一九四一，蘇俄猶太裔設計師、建築師、攝影師，曾在德國學習設計。蘇聯結構主義與「攝影蒙太奇」代表人物，對早期的包浩斯（Bauhaus）風格也有許多啟發。

250 弗拉基米爾・馬雅可夫斯基：未來主義詩人，藝術左翼戰線（ΛΕΦ）發起人之一。因情場失意與對史達林的失望自殺（一說為史達林下令暗殺）。

251 《為了聲音》（*Для голоса*）（一九二三）。

用紙與設計

紙とデザイン

《竹尾美術紙的五十年》二〇〇〇年四月十九日

OK Muse Kaiser（一九八三年上市）

每件工作都有不同煩惱，設計書本的工作也是一樣，被各種決斷逼迫，並且深深感到自己的優柔寡斷。一開始先決定使用哪一種字體，便是一大煩惱。在照相排版的時代，我只能把一本字體目錄翻到爛，結果到頭來還是用自己最習慣的幾種字體；儘管如此，我還是會不自主一直翻閱那本目錄。這就像是祈求書中的文字排列中浮現出一些解救的訊息，能使我得以從痛苦中解脫的神聖儀式。

而到了工作以這種狼狽的樣子，進入最後的選紙階段時，也變成一種天人交戰。我從書櫃上翻出各種整理過的紙樣，並且一本一本疊在桌上翻找，結果還是用平常最習慣的幾種紙。

以書本設計為工作，也已經度過了久到不想回頭細數的歲月。所以我更討厭自己的優柔寡斷。即使以這就是職業的價值為由自我安慰，也無法從想像力匱乏的泥淖中踏出半步。

一九八三年，我為木下順二的《本鄉》設計裝幀，設法以蒙布與盒裝為這本書增添精緻感。儘管如此，整本書的樣品看起來還是相當幼稚，使我相當不耐。根據資料指出，外盒使用的 Kaiser 紙是一九八三年上市，而我一得知消息就馬上要了一些來用用看。即使我假裝鎮定不隨新產品起舞，還是想要搶先一步嘗試。新紙張的選用，與淺薄的動機相呼應。

確實這本書的包裝設計，是以美好的過去為舞台；不管是手繪標題字或是活版排字，都是照著同樣的概念進行。那麼，選用的紙張最好是帶有雜質，質感破舊好似隨便丟進口袋再拿出來，便宜且稀疏平常的貨色；全新的 Kaiser 紙就「看起來像」這樣的舊紙。

我不會為了一本書，特地去囤積一些舊紙，因為我知道後果如何。然而不論我再怎麼想尋求看起來像舊紙的紙張，都只是權宜之計，說來有些慚愧。在我們的生活周遭，看起來很像舊東西的物品已經多到氾濫的地步，而且事實上很容易被接納。所以我認為，人們必須擁有找出事物合適使用時機地點的眼光，以及使用事物的判斷力。

布魯諾・穆納里[252]（Bruno Munari）說過：「買一根像菸斗的菸斗，裝入真正的菸草，並用看起來像火柴，並且能像火柴一樣的火柴點火。」

252 布魯諾・穆納里：一九〇七～一九九八，義大利「未來派」後期代表人物，創作領域橫跨平面設計、工業設計、美術教育研究、繪本、兒童美術，與日本藝壇交往匪淺。

書籍設計師的能耐

裝丁家にできること

《Coyote》二〇〇五年十一月號

——您在澤木耕太郎的《深夜特急》（新潮社）插畫中使用的阿朵爾夫・穆隆・卡桑德爾[253]（Adolphe M. Cassandre）繪製的海報，據說是責任編輯的提案；但是事實上您在引用的時候，是否真的有猶豫過呢？

有。從一個書本設計師看來，是很難直接使用那張海報做為封面的。尤其是以這種世界知名設計師的傑作，再次使用在特定書籍的封面上；作者可以解釋這是旅行者會在旅途上的某個街角撕下的海報，或是以仰角拍攝一張貼在牆上的破舊海報。如果他這樣說我還能理解，但要我這樣直接使用，我難以想像。更何況是一家大出版社的決定。

——而責編知道其他出版社也用過卡桑德爾同一張海報當做封面，急急忙忙地跑來找您，您卻又回答：「完全沒問題！」是否是因為您已經在心中有了手繪文字與排版的意象了呢？

也是。我設計的時候並不想臨陣脫逃，而想正面對決，就當做不知道本家如何而硬上。當然我在構圖上尋找平衡，還是意識到卡桑德爾的原作，而不敢多動手腳，假裝大出版社都會這樣套用經典作品，說卡桑德爾為這本書特地畫了一張海報。

——儘管如此，您還是只把海報放在書衣的左半邊，相當大膽。

我本來都在從事晶文社選書系列的設計，慣用手法是三分之二的圖，以及三分之一的留白，並且在留白處置入書名。插圖的寬度也比「深夜特急」系列多出一點。雖然剩下的圖將印到書衣內摺上，但這樣的經驗剛好可以用在這本書上。把圖放在摺線上可以製造一種躍動感，刺激看到這本書的人拿起來閱讀。書本來就是打開來看的。

——至於封面的美術字，也是受到其他設計者相當大的影響吧？

那樣的美術字，還是受到卡桑德爾相當大的影響。這張海報是何時引進日本的？

——一九二七年。

那就是大正末期到昭和初期不是嗎？以河野鷹思[254]（Kono Takashi）為首的設計師畫出來的美術字體，常常出現在當時的劇場或電影的海報上。我想影響他最深的，畢竟是卡桑德爾等人的未來派、結構主義或達達主義[255]（Dadaism）之類的表現手法。我不知道河野是否直接看過卡桑德爾的作品，但我看到河野的作品時，便有種茅塞頓開的感覺。所以我想要手繪出當河野遇到卡桑德爾瞬間的震撼。而且我努力不讓這幾個美術字看起來像以前的作品一樣鬆鬆垮垮的。

——您是以純手繪完成的嗎？

是手繪沒錯，但我還是用了三角板跟雲尺做為輔助。如果我用電腦完成，一定馬上露出馬腳。使用尺規在手繪文字上，算是一種初步技巧。

——這本書另一個值得注意的特點，是封面的用紙。封面以黑一色為底，原本以為是可以印得更黑的高級紙，結果您選的是相當粗糙、而且沒有上光的「Masago Opaque」紙。請問您採用這種紙，是否為了要呈現出海報的感覺？

並不是這樣，首先我做書絕對不會使用亮面紙，因為我不喜歡。文庫的封面本來就是亮的，而那種規格是日本全國國民制定出來的，不是我能決定的。既然大家都這樣做，我就只能乖乖聽話。但是如果是這種內容的單行本，我就想要在設計上多下點工夫，使它看起來更帶有隨興的感覺。而這本書的發行，正處於地下文化的終結期，只剩一些人物還能繼續發揮影響力。再加上現在根本很少書會這樣做，所以製版廠一定也很難配合吧？他們一定會說：拜託你做得更像紀實文學吧！還是：拜託你做出零散一點的文字排版吧！

——既然畫出這麼銳利的美術字，卻特別挑了發色不良的紙張印刷，使人感到一股力量。

你不妨想想，如果企圖在報紙之類的紙張上拚命印出銳利感，是否一定會失敗？就因為一定會失敗，才想把這種白費工夫的努力與讀者分享。現在如果用電腦設計，什麼都可以設計成銳利的樣子，好歸好，但我最後還是要透過印刷與紙張鈍化一切效果。你可以說這是文明的虛幻，而這種失敗說不定也是一種文化。

253 阿朵爾夫·穆隆·卡桑德爾：一九〇一～一九六八，法國平面設計師、劇場設計師、版畫家、文字排版師，裝飾風藝術（Art Déco，一九一〇至三〇年代盛行的原色、幾何風格抽象化裝飾）代表人物之一。以劇場海報與聖羅蘭（Yves SaintLaurent：YSL）的商標聞名於世。《深夜特急》中使用的海報為《北方特快車》（*Nord Express*）。

254 河野鷹思：一九〇六～一九九九，日本手繪文字之父，設計界重鎮。

255 達達主義：一九一〇年代中期，在歐美多處對既有藝術典範與社會禮俗的各種挑釁行為，並形成二〇年代西方世界的藝術革命。近半世紀後，又形成Fluxus、普普藝術（Pop Art）、觀念藝術（Conceptual Art）等，同樣以「反藝術」為手段的「新達達主義」（Neo-Dadaism）。達達兩字本身無特別意義。

平野甲賀 v.s. 祖父江慎[256]（Sobue Shin）

kouga HIRANO 対 shin SOBUE

《+DESIGNING》二〇〇六年創刊號

書標設計，應該從內容決定？還是從外觀決定？

祖父江　我學生時代就看過您為晶文社設計的書，您的設計很好看，我好羨慕喔。

平野　先不管書籍設計怎麼樣，你不覺得晶文社的書在配色上很特別嗎？

祖父江：但我也發現本文的內容跟外觀的設計形成絕配，所以留下很深的印象。我不知道您設計一本書的時候，都是從哪邊開始下手？像我平常都是從本文構成開始。

平野　我只負責封面，幾乎不碰內文排版，現在還是專做封面。首先是編輯部打電話來委託我工作，從那時候我就開始畫底稿，但一開始還不會給責編看，而是先放著。

祖父江　原來如此。那麼在您與編輯部討論之後，才確認整體的方向並進行調整吧？

平野　從來沒有，因為我不想白費自己的心血（笑）。

祖父江　咦？真是堅持呀。原來您的設計讓人感到清爽，說不定在堅持之中還藏著秘密……。

平野　我在設計恩田陸[257]（Onda Riku）的《巧克力波斯菊》（每日新聞社）時，就有被編輯部抱怨，他們希望我不要設計一些在再版趕工時製造麻煩的複雜裝訂。

祖父江　說不定是因為當時我設計《尤金尼亞之謎》（角川書店）的時候，曾經製造麻煩的關係。

平野　你一定是有搞鬼對吧？

祖父江　我用了平常不會有庫存的紙材。因為作者要求必須有「翻下去會讓讀者頭暈的那種感覺」，所以我將本文排版順時針旋轉一度，但把假名的語助詞「てにをは」全部轉正。歪斜的部分，在靠近書口的地方做成一行四十二字，而靠近裝訂口的地方，做成一行四十一字。我把漢字、平假名、片假名以不同的字體排版。

平野　真厲害，讀了不會不舒服嗎？

祖父江　因為這一點很奧妙，讀者如果沒有發現，我也不介意。我採取這種扭曲的設計，只是想要傳達「一定有哪裡不對」的訴求。

對書的執著，對文字的執著

祖父江　《羅特列克山莊謀殺案》（筒井康隆258〔Tsutsui Yasutaka〕著，新潮社）的本體採取蒙布接紙封面。能製作這種封面的裝訂廠，東京都內好像也只有一家。

平野　這種設計可以賦予一本書某種風格。

祖父江　我也曾經為「講談社 Mystery Land」書系做過這種封面。連布面的顏色也要求要亮一點。我當時還曾經特地跑去布行訂做呢。

平野　那些書的設計，也讓我想到過去的少年少女讀物。而你也設計了內頁編排不是嗎？

祖父江　對。不過排字規則跟講談社的排版規定（house rule）不一樣，所以當時也跟校稿與審訂部門討論過。

平野　真是不得了（笑）。原來如此，你連上下引號之類的細節都有要求。

祖父江　對白與引用部分的引號前會空一個全形空格。也會為了避頭點將原本該在隔行的標點移至前一行末，或將前一行的末字移至下一行。

平野　啊，這裡的句點包在引號裡。有些作者應該不喜歡這樣吧？

祖父江　沒錯！因為這是由許多個作家以新稿組成的書系企畫，所以有人贊成，也有人反對。所以設計再怎麼說都是基礎，會依條件不同有所改變。我並不想得罪任何作者……。

平野　我常常跟筒井康隆或椎名誠合作，我想他們都是我的共犯。

祖父江　咦？共犯嗎？

平野　椎名每次只要出了嚴肅的書，就全部推給菊地信義[259]（Kikuchi Nobuyoshi）做封面；出了玩笑性質的書，才想到「交給平野做吧」（笑）！如果作家可以有這種決定權，反過來說，我也能盡情下手。所以他們幾乎從來不找我談書籍設計的點子。

祖父江　在《羅特列克山莊謀殺案》發行文庫版的時候，封面也是由您設計，當時作者與出版社方面還有什麼特別要求嗎？

平野　我記得沒有，只因為開本變小，而改變亨利・羅特列克[260]（Henri de Toulouse-Lautrec）畫作在書中的用法。所以手繪文字也跟著重畫。不過，我還是比較喜歡最早的版本。

祖父江　就是說嘛。我不覺得文庫本就比較差，但是單行本很明顯比較佔上風，我也很喜歡呢。啊，還有，「新潮文庫」四個字比較大喔！您看起來像在玩，其實還是有下工夫讓設計看起來有趣喔！

雜誌的文字排版與書籍有何不同？

祖父江　平野老師過去擔任美術編輯的《WonderLand 261》雜誌，是一個傳說。不管翻開哪一頁，看起來都很帥耶！

平野　當時的想法現在想起來都很笨。而且你看，本文用的是新聞活字。

祖父江　真的是報紙用的活字印刷的嗎？

平野　當時我請《日刊體育》的印刷廠印的。不過用新聞活字做活版印刷確實很難，所以請他們先排出版，再以此印出透明底版。

祖父江　那不就要再用紅筆校正嗎？

平野　現在要校正很簡單，但是當時必須要印一次、靠剪貼排一次版，再修正……一直重複這樣的工作。這種程度還算小意思，有時候專程去印刷廠校對的時候，活字都已經落版了，也就是左右顛倒。最苦的是編輯，他們必須拚命解讀這些字，並且做出校正稿。

祖父江　真是不得了呀。儘管費工，但是每一頁的排版看起來都非常緊湊，我也嚇了一跳呢。

平野　其實只要讀者不會發覺，小地方我也沒有做得很細，我的工作與其說是設計，不如說是工匠。

祖父江　基本的排字都是等間距排列嗎？

平野　對呀。我覺得等間距比較好閱讀。

祖父江　但是目錄排得好滿喔，都快要爆炸了，好厲害。

平野　我一定要把篇幅全部用滿才會甘心（笑）。而現在想起來只覺得莫名其妙。

祖父江　而且還有杉浦茂262（Sugiura Shigeru）的漫畫耶！

平野　我只是把原來的每一格拆開，再按照需要放大縮小填滿空間。

祖父江　我好震驚呀！

平野　咦？為什麼？

祖父江　這樣說來我也曾經重組過杉浦茂的作品喔！我把他原來在少年雜誌上連載的《蘋果醬小子》收錄進作品集的時候，就曾經把原來狹長的單格漫畫與下側的文字分開，重新整理成容易閱讀的大小。

平野　這種作業很簡單嘛。

祖父江　本來以為只有我才會做這麼費工的工作，只有我才會幹，所以在書出來的時候，我還傻傻地到處張揚！結果平野老師已經先挑戰過了！我應該覺得遺憾嗎？嗚嗚。我覺得自己遜掉了（笑）。

異常的排字，異常的組版

平野　你不覺得，等間距排字從旁邊斜看很整齊嗎？我喜歡那種工整的感覺，好像工整排列的老戲院絨布椅。

祖父江　我也是，不過最近好像不必這麼嚴格了。

平野　這是習慣的問題。

祖父江　但是最近看到等幅字排版的單行本，還是覺得不好讀，行跟行之間好像長了灰色的線。

平野　這樣說起來，我也曾經用奇怪的方式編排過泉鏡花[263]（Kyoka Izumi）的小說，文章越後面，級數越大喔（笑）。

祖父江　好好玩喔。

平野　其實那是字體範本集。我一開始先把文章高潮設定在六十二級，再往回推算漸漸減少級數，到了文章開頭就是十三級了。因為是鏡花的文章，所以適合這樣的編排，想要藉此嚇一嚇讀者。

祖父江　我知道恐怖的事物適合搭配異常的字體。其實，我也設計過泉鏡花小說的排版，我讓字體越來越粗，一開始先設定成最細的L（Light），然後隨頁數進行，漸漸由R（Regular）到M（Medium），再到最粗的B（Bold），接著再漸漸變細。有一點點恐怖哦！

平野　那讀者會發現嗎？

祖父江　對我來說，他們不會明顯發現的話，就是一種快感。即使是看到字體不大一樣，而察覺有哪邊不對勁也OK。這種不知不覺的變化很好玩。

平野　有時候我不喜歡讓讀者發現（笑）。至於我在做劇場工作的時候，也會故意讓人覺得我有什麼企圖。

祖父江　如果您與泉鏡花有緣的話，那我也要跟您說，我跟約翰・藍儂有緣喔！《藍儂自書》（*In His Own Write*）是我最喜歡的一本書，而另一本《歌裡的西班牙人》（*A Spaniard in the Works*）的日文版終於在二〇〇二年推出，我就用一股「不能輸給平野甲賀！」的志氣設計了。我依照書中的內容，按照每一頁改變排版，但還是沒辦法呈現出那種荒謬感。

在每一個字中都帶有堅持

祖父江　您的手繪文字，不僅具有和風，也帶有一種西洋風格。那麼這種手繪文字又是從哪兒產生的呢？

平野　說不定，我受到歐洲的影響比日本深。我年輕的時候看到了蘇俄前衛主義或是達達主義的海報，便非常地羨慕。那些海報簡潔有力，看起來不是很帥嗎？

祖父江　說不定是這樣，不過您的手繪標題字還是相當獨特呢！完全看不出來是受到什麼人的直接影響。

平野　以前有一個設計師叫做河野鷹思，他幫松竹製片廠畫海報。當然當時的海報都是手繪的。老實說，我在年輕的時候，其實根本不知道河野這號人物。後來我透過自己找資料以及向別人請教，才重新發現河野鷹思原來是手繪文字的大前輩。

祖父江　原來是這樣啊！

平野　就算沒有直接看過河野的設計，去電影院或小戲台，無意之間也會留下印象。我有時候就是被那樣的記憶吸引過去的。

祖父江　那麼，您又是從什麼時候開始自己動手畫的呢？

平野　當時，平凡社出了一本叫做《父親》的翻譯小說，大概是八〇年代初期。日文標題只有《父》一個字，用什麼字體都覺得不對勁，所以跟編輯部討論，最後使用手繪文字。

祖父江　真的耶！一眼看去就像真的有父親的表情，而且是儀容端莊的正派氣氛。只要手繪文字氣氛夠，便不需要多加說明，真棒耶。

平野　我只想表現出「對父親的敬畏」。

祖父江　原來是想要描述心理層面的感覺呀！

平野　繼續畫下去，就會累積很多文字，而現在我把這些字做成字體。我記得以前曾經受邀寫一篇文字排版的文章，我就直接寫一篇叫做〈恐嚇信〉的文章，並且逐一做成手繪文字……。

祖父江　哇，好厲害！好像真的恐嚇信一樣喔！

平野　很好笑吧？

祖父江　您的手繪文字有趣的地方，就是對於書寫時筆跡的模仿。相對來說，明體字就給人一種嚴肅認真的印象。

平野　但是我的手繪文字畢竟還是歪七扭八的，而這種歪七扭八才會讓字面有趣。這種字就像會出現在江國香織264（Ekuni Kaori）小姐之類女作家的小說裡一樣。我這樣說，說不定會把她惹毛。

祖父江　但是日文這種看似拘謹的文字，其實也是相當沒有條理的。像是明體字之中，也只有漢字部分是明體，日文假名都是楷體，而英數符號都用有襯線（serif）的英文字體去補，整個看起來就很混雜。不論如何，這就是日文的現在式呀。

以文字創造魅力的書籍設計，以排版創造魅力的文字

平野　我學生時代曾經得過日宣美（日本宣傳美術家協會聯展）的特選獎。畢業後，進了高島屋百貨的宣傳部工作，但只做了一年就不幹了。辭職後我開始跟劇場圈的人來往，因為人家告訴我說做劇場的人比較有趣……。人生就好像事故一樣意外。

祖父江　而讀者看到您設計的書，就好像已經拿在手上翻閱一樣。這種速度感到底是怎麼來的……？

平野　其實就像我之前所說，只要能讓觀眾進場，不必特地強調演員的哀怨表情。我的想法之中就有這樣的一面。不，或許我只有這一面。

祖父江　這種速度感就是您的設計賞心悅目的原因吧。您的設計，並不分表裡，不只

是手繪文字如此，而這些字的配置也絕不失手呢！

平野　那麼你的設計有分表裡嗎？

祖父江　嗯……該怎麼說呢？我希望沒有……。

平野　與其說是表裡，不如說是你對於設計有一股熱心。你雖然在許多細節都下了很深的工夫，但絕不流於自我滿足，而都是為了製造書本的閱讀效果。詳細情形怎樣我不知道就是了（笑），但是我覺得這樣對於作者跟讀者，都是一種誠實的表現喔。呵呵呵。

256 祖父江慎：一九五九～，日本最具代表性中生代書籍設計師之一，原有志成為漫畫家，受杉浦康平影響進入設計業。不僅設計書本外觀與裝訂（book design），也顧及內頁的平面設計（editorial design）。絕招之一：巧妙運用裝訂技術，製造裁切與裝訂不良的效果。

257 恩田陸：一九六四～，女性奇幻及推理小說家，擅長描寫具鄉愁的場面。

258 筒井康隆：一九三四～，幽默及科幻小說家。著有《日本以外全部沉沒》（小松左京公認的《日本沉沒》諷刺版）等上百本小說，其中《跳躍吧！時空少女》與《盜夢神探》等作均被改編成動畫長片。

259 菊地信義：一九四三～，日本書籍設計代表人物之一，設計講談社文庫、同社文藝文庫、河出文庫、平凡社新書封面樣式。一九八八年獲第十九屆講談社出版文化書籍設計獎。

260 亨利・羅特列克：一八六四～一九〇一，版畫家、後期印象派代表畫家、海報設計者。耽溺於花都聲色犬馬，擅長描繪歡場女子，尤其是新開張的紅磨坊夜總會（Moulin Rouge）的夜生活觀察。晚年深受劣質苦艾酒中毒與梅毒所苦，最後腦出血死在父母面前。

261 WonderLand：一九七三年由「次文化教父」草森紳一創刊及擔任主編，次文化雜誌中的奇葩。版權過戶後改名《寶島》，路線幾經變更，現在仍然繼續出刊中。

262 杉浦茂：一九〇八～二〇〇〇，二十四歲出道，在六十四年的漫畫生涯中，不斷創造獨特的爆笑漫畫。死後經過各界努力整理散佚各處的原稿，不斷發行未發表的作品集。「漫畫之神」手塚治虫一生難以超越的存在。

263 泉鏡花：一八七三～一九三九，浪漫派小說家、劇作家，幻想文學先驅。小說代表作包括《高野聖》、《婦系圖》，劇作《天守物語》等。一九七三年起，石川縣金澤市（鏡花的故鄉）每年頒發「泉鏡花文學獎」給傑出文學家。

264 江國香織：一九六四～，兒童文學家轉行小說家與英文譯者。作品獲獎無數，其中《冷靜與熱情之間——紅》與《寂寞東京鐵塔》不僅被改編成電影，也由台灣多家出版社推出繁體中文版。

俺たちの直球演劇（ストレートプレイ）

松本大洋ふたたび

メザスヒカリノサキニアルモノ若しくはパラダイス

3

劇場設計師的敬業精神

舞台裝置家の姿勢

《六月劇場》一九六七年六月號

西元前五世紀的戴奧尼索斯劇場[265]（Theater of Dionysus）中，就已經出現了後台景屋（skene，演員休息室）外牆搭建的背景，在舞台兩側也設有垂直轉軸，讓門上的三根柱子旋轉；在上演喜劇的時候，迴轉裝置就可以發揮功用，迅速變出三間平房圍住的小廣場。不僅如此，圓形舞台（orchestra，舞台前緣的圓形廣場，歌隊〔koros〕在這裡起舞）的正中央還藏有地面暗門、被稱為「飛天戰車」的溜籠；為了能清楚看見舞台內部，還有附車輪的活動舞台。站在舞台上的，則是穿著鮮豔戲服，戴著誇張表情面具，只露出嘴巴的假面傳奇英雄、國王與眾神。

歷經各種試煉的雅典市民，已經熟悉了對國政的討論。例如雅典周圍阿提卡（Attica）地方的喜劇，就是一種透過劇場形式舉行的廣場討論。在羅貝・比尼亞赫（Robert Pignarre）的《世界戲劇史》（*Histoire du théâtre*）中就曾經提出這樣的發現。在喜劇舞台上，任何人都可以直接指名道姓批判，喜劇是輿論的媒介。最後劇場終於形成「劇作家直接對觀眾說故事」的形式，那些詩人以作者的身分，藉由歌隊之口向觀眾說教……。但是一個舞台可能有多組戲同時上演。在地中海的晴空下，一場一場的悲劇、喜劇上演，沒有觀眾能耐著性子全部看完。他們在石階上坐立不安，一邊吃著自己帶來的食物，一邊與鄰座的觀眾閒話家常。議論的目的絕非鬥垮對方，而是為了評選台上的戲劇，否則就是違反劇場的規矩。觀眾公推五人評審團，在決選後讓演出最差的劇團當眾下台。

演員們又將如何取悅並說服這些挑剔刻薄的觀眾呢？具有感動力與巧妙布局的劇本固然重要，在激烈的競爭中，也產生了這麼多優秀的詩人，就如同《伊底帕斯王[266]》（*Œdipus Tyrannus*）之類的悲劇，由三位作者描述同一故事，並以各自的詩文表現情境。其中最具議題性與說服力的，便是發現劇場裝置妙用的索福克勒斯。一片草原在艷陽下無限延伸，白亮的大理石牆與翠綠的橄欖樹下，已經是充足的舞台背景，也可看出希臘人是一個愛護自然的民族。然而，這種自然便是戲劇上的問題。高津繁樹[267]（Takatsu Shigeki）曾經指出，希臘藝術具有「在各種事物上追求完整『樣貌』輪廓的渴望」。希臘人並不以忠實描述自然自滿，覺得眼前的自然並不完整。所以需要以個別的自然統合出「自然的樣貌」。

這種對於完整性的追求，使得劇場設計變得重要。劇場設計能賦予演員科白明確的輪廓，並能減少演員最討厭的曖昧想像與移情作用，可以說是一種有利於說服觀眾與討論議題，追求最完美的「自然樣貌」所需的工具。

關於希臘劇場的話題到此為止，而我不僅探索古希臘劇場全盛期的樣貌，也認為劇場的原點就在這裡。即使觀眾不能理解全劇，或者是編導的方法，也能靠劇場設計理解故事；那麼，我認為不需要知道台詞的意思也沒有關係。

劇場設計師高田一郎[268]（Takada Ichiro）曾經指出劇場美術與現代美術間的關係：「舞台美術（中略）也需要有一種否定性而冷靜的眼光，以逼出現實的真面目。」除了一個問題以外，我完全同意他的說法。至於與現代美術間的關聯……我認為，舞台美術應該在已知的舞台上才會說的名詞。我的疑問在於，美術指導是否能貫徹冷靜的眼光？冷靜的眼光下的創作，是否也能稱做美術？

就如同在機械文明前不斷自我解體的現代美術給我們的觀感一樣，我們也時常聽到「美已經逐漸從現代藝術的目的中消失」之類的說法。那麼，舞台美術家到底應該如何是好？其實方法很簡單，只要考慮到舞台裝置原來應有的意義，便可不再煩惱這樣的問題。同時出現的另一個煩惱，則是劇場是否需要與美術相得益彰？

布雷希特曾經指出，他的劇場設計者卡斯帕・內爾[269]（Caspar Neher）：「他的劇場設計是現實的重要證言。」在布雷希特公演、內爾設計的舞台布景，不管是有助於故事，還是妨礙故事，都僅止於暗示，有助於傳遞那些重要的訊息。這樣的設計，成功擄獲了當時完全習慣自然主義布景觀眾的目光，使他們只關注劇情中對於事象的批評。

內爾的努力全部基於劇本的寫實詮釋，以及對導演、演員的要求上。接下來只需要演出空間與足夠的道具。但是這樣的空間，也被賦予個別的性格，比方說布雷希特的說教劇場（dialectical theater）。說教劇場的舞台，往往兼容告發、人證空間的「法庭」性格——與古希臘的圓形舞台不謀而合。只要有幾個演員出現在劇場，便知道會發生什麼事了。就像我們只在地上畫了一圈，就可以制約出論爭與高下的辯證空間，布雷希特則以高加索白堊石在舞台地板上畫出圓圈，便能表現出人類本質上的權利將去向何處。這時候內爾的劇場設計很容易被看成是一種舞台的制約，但絕不拘於單純的樣式與既有形式。事實上，內爾的劇場設計，會依照劇本的特性產生多樣變化；他的做法更應說是透過既定的道具與裝置，明示一個討論辯證的空間，讓扮演陪審團的觀眾集中注意力於舞台上的演出。這時，劇場便成了討論與勸服的空間，讓觀眾可以「參與這個世界」。

至此，劇場設計便成了從製作討論上，到最後公演貫徹始終的要素。這樣的設計成了我們所認識的布雷希特劇場。那些抑揚頓挫的台詞，洗練的動作與扼要的布景道具，都賦予了劇作明確的輪廓。幕啟，燈光一亮，觀眾必然覺得這麼簡潔的劇場具有一種美感。但這種美感並不能單以美術替代。布雷希特曾經在他的小論文〈美學的發展〉（*The Development of Aesthetic*）中指出：「如果對美的崇拜中，帶有對無益於學習事物的厭惡，以及對有用事物的輕蔑，那麼我們大可以一笑置之。」

如果劇場設計需要的不是「冷靜的眼光」，而是團隊精神，那麼那種精神也一定需要「冷靜的眼光」。也就是說，我們的目的幾乎就是不需要特殊機關，也能暗藏玄機的舞台。

我們必須記住，劇場設計的目的絕不追求「美」。劇場設計並不像金森馨[270]（Kanamori

Kaoru）所說「以美術的一種類型為概念施作」，也不是「獨立於劇場之外發展，以自身的性質去迎合劇場」。

265 戴奧尼索斯劇場：建於雅典衛城（Acropolis）山腳下的大型戶外劇場，酒神祭在此舉辦，古希臘拚戲聖地，呈扇形環繞圓形舞台的圓拱型觀眾席，可容納一萬四千至七千名觀眾。

266 伊底帕斯王：希臘三大悲劇詩人之一索福克勒斯（Zophocles，前四九七？六？～前四〇六？五？）著，古希臘悲劇最高傑作。底比斯（Thebes）王子伊底帕斯逃避預言，卻誤殺了父親，娶了母親並生下女兒（自己的妹妹），在認清事實後自剜雙眼，浪跡天涯。

267 高津繁樹：一九〇八～一九七三，比較語言學家，東京大學榮譽教授。印歐語比較文法、古希臘文權威。

268 高田一郎：一九二九～，武藏野美術大學榮譽教授，日本舞台美術家協會理事。曾在米蘭斯卡拉（La Scala）歌劇院設計歌劇《蝴蝶夫人》的舞台。

269 卡斯帕．內爾：一八九七～一九六二，活躍於德奧間的劇場設計師與劇作家。

270 金森馨：一九三三～一九八〇，劇場設計師，曾為「劇團四季」設計舞台，並參與各種前衛藝術運動。

一推一拉[271]（pushmi-pullyu）　あっちこっち

《KEN》一九七一年一月號

說來也是，到幾年前為止，我還能在一張白紙上簡單幾筆，就決定出構圖，後來卻不行了。不管是白紙還是未使用的原稿用紙，都讓我覺得非常害怕。甚至卡式錄音機的播放按鈕，都會讓我眼睛睜得大大的，說話也跟著結巴起來。這種不隨意肌的警覺心到底是什麼呢？好，話題就從這邊開始吧！

主題：「我的奮鬥」……我看到了《同時代演劇》第三期上今野勉[272]（Konno Tsutomu）的文章，在對他的看法嗤之以鼻之餘，一種同病相憐感也油然而生。他即使每天被巨量的工作壓迫，都還能設法創造出非日常的狀態，並且固定於日常之中。但是我不管是好是壞，都無法分辨非日常與日常，什麼都混雜在一起，搞得一蹋糊塗，遠遠比不上他……。

前不久迷迷糊糊看了長田弘[273]（Osada Hiroshi）參加的劇場演出，聽到其中一個角色說了一句：「我正緩慢地下痢，對我來說是一個迫切的問題。」從此之後，這句台詞就一直烙印在我的腦海裡。我剛才也說過，因為我無法區分日常與非日常，所以對這句台詞深有同感；我不是要以自己說的話自誇，但即使一直想要區分，卻被這句台詞打敗了，因為這個男人並不是以這樣的台詞，為自己找下台階。他或許還有更迫切的問題，但遇到了拉肚子，只好先放著不管。我仔細回味這句台詞，得到的結果是他並沒有真的拉肚子，而且拉肚子對他來說，也沒有那麼深的意義，只是反映出他的精神狀況而已。所以這句台詞會讓我感到興趣。

又比方說接球遊戲。不是把球丟向牆壁，自己去接彈回來的球；而是往天上丟再自己接，跑到自己也累……。如果自己不停止投球，就得一直來回奔跑，難怪會累嘛。如果只是丟小球，還稱得上是遊戲；被小球制約的話，就不是一件好事了。我怎麼開始說這種鬼話？這樣下去，話題會越來越曖昧，也讓人越聽越不懂……。

來回奔波是我的工作，而在來回的過程中遺落的，說不定可以稱為作品。或許會被人認為我是在逃避，但是現在我希望這些作品是我過程中的遺落物。比方說我剛完成了一張海報，就想馬上找個地方躲起來。逃避不因為作品的好壞，而是來回奔波，應該說是我的水平垂直上下運動，會因為作品的完成而被中斷，讓我覺得不舒服。

借用別人的話來說，一個work可以解釋成動詞的「工作」與名詞的「作品」兩種意思；而「活動與成果」之間有相互呼應的關係，所以工作的本質不僅止於內部或成果。工作應該是始終如一的過程。

我常常參與戲劇圈的工作……至於為什麼要參加那種工作？讓我想一下。在廣末保[274]（Hirosue Tamotsu）的書中，曾經引用近松門左衛門[275]（Konmatsu Monzaemon）的「虛實皮膜論」：「藝者，虛實皮膜間之物也。」廣末振振有詞地闡述了近松的「栩栩如生之物」思想。

近松出身武家，故意識到落入倡優的自己已經成為「栩栩如生之物」，並由社會底層的位置往復運動，以映照真實的事物，在過程中還漸漸養成批判的精神。我認為，貫徹「栩栩如生之物」概念的近松反語精神，便成為他在思想與行動上的動力，以及他持續保持靈魂自由的方法。林達夫[276]（Hayashi Tatsuo）曾經這樣說過：「對於愛好自由的精神來說，有任何事物比反語更有魅力嗎？一面問清自由的意義，一面模仿敵對者的樣子；能得到一樣東西，又能成為與目標物相反的東西，是無上的自由。自由的反語家能屈能伸，也能一邊頑抗一邊忍耐持身。既不陷於缺乏變通的認真窠臼，也不至於掉進膽小順應主義的軟弱陷阱。」

更早以前，我還在武藏野美術學校的時候，正是六〇年反安保抗爭打得火熱的時候，我們模仿法國示威者塞滿整條馬路，還手牽手連成人鏈，卻因為不熟悉彼此的步伐，而踩到其他人的腳，讓整個隊伍看起來像是垂頭喪氣的毛毛蟲，使我相當懊惱。我又想到了在《杜立德醫生[277]》（*Doctor Dolittle*）中的雙頭馬「一推一拉」，而我卻沒有那匹馬那麼有活力，只能曖昧地徘徊。我想過幾年後，我能在某本刊物的角落篇幅小小露面，還是維持在這種徘徊狀態吧？就算肚子有點下垂，依然是來回地運動著。

271 一推一拉：雙頭馬的另一頭長在原本是屁股的位置，所以一頭前進，另一頭就會後退。

272 今野勉：一九三六～，日本電視黎明期代表性導播與製作人，日本第一家獨立節目製作公司「TVMan Union」創辦人（現最高顧問）。

273 長田弘：一九三九～，詩人、兒童文學家。

274 廣末保：一九一九～一九九三，江戶前期文學研究家、劇評人，法政大學教授。

275 近松門左衛門：一六五三～一七二五，元祿年間（江戶前期黃金時代）的人形淨琉璃（杖頭木偶）與歌舞伎劇作家。「日本莎士比亞」。他創作的殉情物語《曾根崎心中》、《心中天網島》、《心中宵庚申》等劇作，在上演後一度造成了社會上的殉情風潮。

276 林達夫：一八九六～一九八四，思想家、評論家。西洋精神史權威，曾連續擔任平凡社一九五五、六四、七二年版《世界大百科事典》的總編輯。

277 杜立德醫生：由旅美英國兒童文學家休．洛夫廷（Hugh Lofting，一八八六～一九四七）創作的小說系列。世界上唯一能與動物溝通的杜立德醫生，透過與動物間的交流認識自然。被好萊塢兩度搬上大銀幕。

白龍與喜納昌吉

白龍と喜納昌吉

《設計》一九七九年五月號

我聽了亞洲「新風格」（신바람）白龍[278]（Jeon Jeong-Il）樂團與「島小（Shima-gua）POWER」喜納昌吉[279]（Kina Shokichi）與炒什錦樂團（The Champloos）的現場演奏，不，應該說是去看。

演出超乎我的想像，對於少出入演奏現場的我來說，是一件出其不意的事。

高頭大馬的白龍穿著一身雪白，唱到興奮處會揮舞雙手，那一瞬間卻帶有一種女性的溫婉，像是朝鮮的民族舞蹈。我覺得我似乎看到了他要傳遞的訊息。

跟隨纏著紅頭巾團員上台的話題歌手喜納昌吉，讓現場的溫度上升十度。南國特有的明快滑順節奏中，即使沒有主持人要求，大家都不約而同地手舞足蹈。觀眾席間的通道也馬上被跳舞的觀眾與舞者佔據。

台上實在太熱鬧，我發現是因為那兩位女團員，不僅以高亢的嗓音合唱，不唱的時候也會負責整理樂器；在曲目與曲目之間，對於喜納有些冷場的致詞，也會在背後指指點點。我還一度擔心場子會因此變冷，結果發現這說不定就是他們生活中習以為常的玩笑。在指點的同時，似乎就形成批評的來回運動；我想喜納昌吉與炒什錦樂團，似乎也需要有這兩位女團員的存在才能成立。

而白龍纖細的手部動作，像是在舞台上形成了生活感。我想這可能是因為白龍的律動中，蘊藏著在日朝鮮人一世母親們人生的悲歡離合。不論是白龍，還是喜納，都讓我覺得各自的背後具有深厚的文化根源，於是我才能安心地離開會場。

278 白龍：一九五二～，在日韓僑二世。在日本電影中常常飾演黑道角頭，也曾在韓國片《神偷・獵人・斷指客》（二〇〇八）中飾演日軍司令。

279 喜納昌吉：一九四八～，琉球代表性創作歌手。代表作〈給所有的人心一朵花〉被周華健翻唱成〈花心〉。名言：「把所有的武器換成樂器。」

賢治的時間

賢治の時間

《黑帳篷評議會通信》一九八一年七月號

不論是誰，都會在人生中有過宮澤賢治的體驗。不管遇到幸福或不幸，是否購買他的大部頭校對本全集，或是像拔牙一樣，一本一本地買下新修版全集，都令我感到為難。體驗的程度就有差別。

個人身上的賢治體驗，即使只有那一點點，都可以追溯到小學的校內才藝表演。我忘了是幾年級的時候，在學校破禮堂那面充滿裂紋的破舞台上，曾經有一些奇妙的景象。

表演名稱是《橡子與山貓》，依照慣例，由年級代表演主角一郎，最受歡迎的同學演山貓，收壞鐵的小學徒演馬夫，剩下的同學就扮演大大小小的橡子。可以說完全是司空見慣的角色分配。

一陣喧騷在馬鞭的揮打聲之後，變得一片寂靜，一群橡子也只有兩三句台詞。當時一個班級可以有六十個學生，所以台詞也像歌舞伎或其他群戲一樣，只有「不是」、「不行」、「什麼？」還是「那個頭頂尖尖的人是……」之類的零星內容。才以為會從舞台邊邊開始輪，結果馬上就輪到我，我的心臟都要飛出來了。一陣沉默吸引了所有的目光。蹲在隔壁的同學用膝蓋頂我一下，悄悄跟我說：「是……啦。」而我卻越來越說不出口，只能不堪地看著地板木片縫隙間的一條破抹布。

在羽根木公園的陰暗角落，上演著《西遊記》的黑帳篷背後，佐藤信[280]（Sato Makoto）：下次想演賢治。我：是宮澤賢治嗎？信：我要演山貓團長的馬戲團。……嗯，剎那間腦海中浮現了紅白橫幕前揮著長鞭的神采奕奕的山貓團長，接著是那面滿是裂紋的破舞台。

這齣戲說不定會很有趣咧！我無意間給了一個曖昧的回答，聲音消失在黑暗中。但是過了兩三天後，出現在我辦公室的佐藤信，又想在紅酒家公演計畫上演賢治。他的構想是以四組輪流上演，問我想不想導導看？小規模也沒關係喔。這下機會終於來了，我眼前的佐藤信，頓時變成了山貓。

於是我開始讀賢治。不同於靠懸疑或科幻小說打發時間，懷著高尚的情操讀賢治，對我來說其實是一種簡單的快樂。

但我積非成是的閱讀習慣，已經改不回來了。電車車廂往往變成我的書房，如果在書房讀的還是那些懸疑或科幻作品，我就會專注在一個作者身上。所以即使我讀艾德・麥可班恩[281]（Ed McBain）以「柯特・卡農」名義發表的犯罪小說，便想全部看完；他以本名發表的《第八十七分局》（*87th Precinct*）系列，我卻一本都沒看過，太偏執了。卡農的小說，其實我也只看過兩本，後來因為不習慣就沒再看了。

言歸正傳。想要同時閱讀賢治、艾利希、雷蒙・錢德勒[282]（Raymond Chandler）的作品，但最後光看宮澤賢治就不必再看其他書了。因為我一打開偵探小說，一邊翻頁就會一邊看到穿著黑外套，戴著呢帽的偵探尾隨目標的身影，並且馬上知道那是誰，他要往哪裡去。不過，宮澤賢治是誰？難道是另一種型態的懸疑小說嗎？

跟蹤他的足跡，沿路上會看到森林，看到農場，看到廣場，有時候還會有餐廳，不由分說，這裡是伊哈托夫。有時候會跑到山達多或貝林，即使有好高鶩遠的嫌疑，但我相信自己不會錯過那個奇異的人。如果看到的話，全集月報上也有《伊哈托夫地理》的連載。那麼我可以就此高枕無憂嗎？

前幾天，完全出自巧合，林光送了我一本他寫的《身為一個高修》（一橋書房）。以「熱烈無比」的賢治迷來說，書名相當響亮。其中有一個章節稱為〈從《鹿舞的起源[283]》談起〉，完全命中我的喜好。其實我也曾大膽地想過，以《鹿舞的起源》做為自己那齣戲的開場。光是讀了一小段，就覺得他已經先我一步想到這些，我要得意還言之過早。

我很幸運有一個來自岩手縣的鄰居太太，所以就請她用方言朗讀這篇故事。一種舒緩悠長，有如鹿鳴與短歌的美感，使我有如《鹿舞的起源》主角嘉十，「已經忘記自己和鹿的不同」了。

一切的命題
已做為心象或時間本身的性質
在第四節的延長時間中被主張

這是我們的共通話題，我被這段話吸引，與賢治和有趣的車組員一起搭乘時光機去旅行。那台時光機也曾出現在童年的那間破禮堂，離開的時候還留下了一些刮痕。如今，時光機在我們的後台留下了造訪的預告，而我們也急忙準備迎接不知第幾次的接觸儀式。七月七日七夕夜[284]出發，我們的時光機是九人座的出租客貨車「紅酒家號」，為了迎接漂亮的接近，正卯足全力準備當中。

280 佐藤信：一九四三～，劇作家、劇場導演。「劇團黑帳篷」創立者之一，曾參與多間社區小劇場的實務運作，也關心東南亞與中國的民眾劇場，獨缺台灣。

281 艾德·麥可班恩：一九二六～二〇〇五，美國推理小說家，犯罪小說《金恩的贖金》（*King's Ransom*，一九五九）曾被黑澤明改編成電影《天國與地獄》（一九六三）。

282 雷蒙·錢德勒：一八八八～一九五九，美國冷硬派（hard-boiled）小說宗師，村上春樹最愛的作家之一。代表作包括《大眠》（*The Big Sleep*，一九三九）、《漫長的告別》（*The Long Goodbye*，一九五三）等。

283 鹿舞的起源：收錄在童話故事集《要求很多的餐館》中。藉由民間故事的風格，探究東北地方傳統樂舞「鹿踊」（舞者頭戴鹿頭型帽子，肩背兩根長竹竿，胸前垂掛太鼓，邊跳邊打）的由來。全篇對白以岩手縣方言書寫。

284 日本的七夕定在陽曆七月七日。

不好意思，我就是「俗」，有意見嗎？

「ダサイ」ですまぬ何か

《朝日新聞》一九九九年一月十五日晚報版

一九六〇年代，當我還在就讀美術學校的時候，在我看來平面設計（graphic design）的主流，正在從包浩斯285（Bauhaus）風格，逐漸轉變成如棋盤般工整的瑞士風格，或是美國的商業設計。接下來是東京奧運會，日本的美術設計，終於在世界上嶄露頭角。所以逃出學校的我，常常看到設計雜誌上刊載的結構主義或未來派作品，常常對這些作品的「俗」著迷不已。

六九年，我參加的劇團上演布雷希特的《夜晚的鼓聲》（*Trommer in der Nacht*），我也是在那場公演第一次擔任劇場設計。布雷希特的劇作中，一定具有一種叫做「布雷希特布幕」的左右對開式矮幕；在幕前戲劇演出中，幕後下一場將使用的大道具若隱若現，具有穿插式的批判作用。

我看到柏林人劇團（Berliner Ensemble）的舞台照片，發現那樣的布幕不過是兩面破舊的窗簾。為了讓窗簾不至於太單調，我把劇名的原文寫在上面。舞台美術我也引用了很多老海報，記得當時用到了亞歷山大・羅德欽科[286]（Alexander Rodchenko）等人的作品。也就是說，那齣戲的世界是結構主義式的。

我記得，我也是從那時候起，才開始注意到例如弗謝沃洛德・梅耶荷德[287]（Vsevolod Meyerhold）、馬雅可夫斯基、利希茨基之類的藝術家。

我們的劇團後來改名「黑帳篷」，以演出佐藤信導演的作品為主軸。「昭和三部曲」之《阿部定[288]（Abe Sada）之犬》（一九七五年首演）是一大傑作。這是象徵黑暗一九三〇年代的一大事件，我又應該怎麼設計標題字呢？我首先想到的是淺草、大眾曲藝、電影、築地小劇場……然後是村山知義[289]（Murayama Tomoyoshi）、河野鷹思、柳瀨正夢[290]（Yanase Masamu）等日本早期前衛藝術家設計的海報，以及海報上的文字與美術字體。

我從劇場學到了很多東西。只要海報上的標題字能給人「俗」的印象，便能讓觀者無以招架。一個文字或字體的背景，既有喜劇，又有悲劇，將一個時代的氣氛表露無遺。

285 包浩斯：一九一九年由建築師華特．葛羅皮烏斯（Walter Gropius，一八八三～一九六九）設立於德國威瑪（Weimar）的國立設計學校，在威瑪共和時代創造出洗練的建築與工業設計風格，並飽受社會保守秩序抨擊；兩度遷校後，一九三三年於柏林由希特勒以「頹廢藝術」為由下令廢校，一派流亡美國任教或創作，另一派在東德成立後延續包浩斯風格。

286 亞歷山大．羅德欽科：一八九一～一九五六，俄羅斯結構主義跨領域藝術家。以誇張角度與構圖的攝影作品聞名。

287 弗謝沃洛德．梅耶荷德：一八七四～一九四〇，蘇聯劇場改革家，提倡生物力學表演法（биомеханика），並大膽翻案古典戲劇震驚西方劇壇。大肅清時期被史達林批文槍決，史達林死後於一九五五年平反。

288 阿部定：一九〇五～不明，千金小姐淪落風塵，一九三六年與有婦之夫勾搭，因為過度耽溺於性愛，終於把男人活活勒死後，用沙西米刀割下他的整個性器官，並帶著染血的東西在東京街上遊蕩。「阿部定事件」乃昭和獵奇犯罪中的一大代表，屢次被日本導演翻拍成電影。其中又以鬼才石井輝男（Ishii Teruo，一九二四～二〇〇五）《明治大正昭和　獵奇女犯罪史》（一九六九，本人在片中受訪）與大島渚（Oshima Nagisa，一九三二～二〇一三）《感官世界》（一九七六，日法合作，男女主角在開鏡前被導演要求結紮）最受日本國內外的影迷討論。阿部定一九四一年受天皇大赦出獄後隱姓埋名，至一九七一年「人間蒸發」為止，在日本社會的獵奇眼光下繼續工作並度過餘生。

289 村山知義：一九〇一～一九七七，全方位藝術家、表演者。前衛藝術集團「MAVO」成員之一，共產主義者。

290 柳瀨正夢：一九〇〇～一九四五，天才畫家，村山知義的革命夥伴之一。死於東京大空襲。

靜温な日々

小島信夫

日米交換船

I've been here and
I've been there and
I've been in between.

甲賀之眼：我的設計見聞史——海報是運動的大旗

甲賀の眼：僕のデザイン見聞史——ポスターは運動の旗印だ

《書與電腦》二〇〇一年冬季號

——在自己設計海報以前，您都喜歡怎麼樣的海報？

我小時候住在私鐵沿線。車站的月台上都會有廣告看板之類，跟現在的差不多，不過當時的廣告看板是電影院專用，上面都貼著上映中電影的海報。一九五〇年代正是日本片跟西洋片的全盛期，每一間電影院都座無虛席。

因為海報上寫著上映檔期，對我來說是重要的訊息來源。所以我去買車票時，都會忍不住先去「南風座」看看，再回車站買票。

如果我記得沒錯，當時的海報都是B2大小（長七二八寬五一五毫米）。一部片下檔，原處馬上會貼上另一部片的海報，所以那塊看板越貼越厚。而且常常會把貼上的海報撕下，剩下後面的海報，看起來是用漿糊整面貼上的（笑），好像造形藝術作品。

而且連去食堂跟澡堂，都看得到電影海報，海報下面還貼著紙條，只要把紙條沿虛線撕下帶去電影院，就有折扣甚至免費進場。海報還有這種效用，真好。

從事設計工作以後，我曾經認為美國的電影海報很帥，但最帥的終究還是歐洲片的海報。當時我也開始接觸俄羅斯前衛或新藝術[291]（art nouveau）的海報。至於日本的海報，我記得的是昭和初期村山知義或吉田謙吉等人為築地小劇場設計的海報。我可說是透過以前的「前衛」找出自己的創作根源。

——一九六〇年您就讀大學的時候，曾經在日宣美（日本美術宣傳協會）的展覽中得到特選獎，得獎作品是您的處女作嗎？

你說的是那幅《先跳再看》呀？那是大江健三郎[292]（Oé Kensaburo）兩年前的小說，我們沒經過同意就把它做成海報了（笑）。因為那是公開徵稿用的海報，出版社沒有採用。當時有些有錢的傢伙用絹版印了好幾張，但我們（同年級的後藤一之負責插圖）當時三年級怎麼會有那麼多錢？所以只好直接畫圖上美術字，現在回想起來只覺得不可思議。

現在學設計的同學，只要把手稿入進電腦，打幾個字上去，再用彩色印表機輸出，就可以完成一張海報了，而且大小不拘。即使不喜歡的人會問，「這樣的東西哪裡稱得上原創？」但是這種現狀，已經讓那些不會用電腦的老師們紛紛閉嘴了。

而當時沒有規定只能以海報報名，但規定作品尺寸（B1，長一〇三〇寬七二八毫米，日本工業規格）就讓我們更躍躍欲試了。在我們之前得過獎的和田誠或勝井三雄[293]（Katsui Mitsuo），好像都是以這種尺寸的作品參展的。

後來我進了高島屋宣傳部的基層，根本不可能經手海報。我負責設計報紙廣告，而報紙根本是黑白的世界，這種限制反而訓練我能發揮更多想像力，還有嚴密的構圖法。因為同一版面還有很多很強的廣告，就像現在雜誌的目錄一樣。

如果再這樣留在高島屋，繼續當廣告設計師，就只會靠接廣告主的案子維生。既有廣告主，也有商品，我就設計廣告讓商品賣出去，但還是要經過多次會議不斷討論，才能開始設計，雖然收入不錯，但不知道是幸運還是不幸，在津野海太郎[294]（Tsuno Kaitaro）的引誘下，我開始涉足戲劇圈，所以我的第一張海報，還是從戲劇開始的。

——一九六六年創立的「六月劇場」，後來與「自由劇場」、「發現會」合併成為「演劇中心68」，然後再變成黑帳篷。

對。「演劇中心68」一度改名「演劇中心68／69」，然後每年都改名「68／70」、「68／71」，我也每年製作新的標誌。因為實在太麻煩了，就跟他鬧罷工，後來就一直以「68／71黑帳篷」為正式名稱。因為我不希望一個劇團總是不斷改名（笑）。

至於為什麼取名黑帳篷，現在可能很多人都不知道，但是我們當時就已經有了移動劇場的想法，在公園或空地直接搭起帳篷公演幾天，然後馬上拆除。因為唐十郎[295]（Kara Juro）的「狀況劇場」用的是紅色的帳篷，所以稱為「紅帳篷」。

我們的第一場公演，是英國劇作家阿諾・威斯卡（Sir Arnold Wesker，一九三二～）的三部曲《威斯卡68》，但還不是在黑帳篷裡上演。我覺得印機關報比做海報好玩，所以印了大報規格的四大張報紙。我那時設想這份報紙可以直接把第一頁貼在牆上，就變成演出的海報。

後來就一直製作黑帳篷的公演海報。雖然我不是團員，但是每一次接了新製作，就一定要跟劇組奉陪到底才會甘心。當然我也曾經接過舞台設計的案子，但一走進黑帳篷，我也就開始有對那群人的意見了，而這些意見我想有可能都反映在海報上。「先跳再看」是我的設計原則。雖然我也替狀況劇場設計兩張海報，但是感覺上還是不太一樣。

——在您製作海報之前，都會如何準備？

黑帳篷很多劇作家都自己擔任導演，而我首先會問他們怎麼呈現作品。佐藤信稱之為「決定世界觀」。我想近松門左衛門應該也有類似的做法。接著仔細咀嚼劇組與演員們的提案，並列入表現的要素中。以《鼠小僧次郎吉》（一九七一）的經驗來說，如果主角「飛賊鼠小僧」跑進了《茶花女》（*La traviata*）的世界會怎麼樣？於是我們就開始構想那種世界的樣貌，鼠小僧穿的是江戶時代的服裝，周圍的演員卻穿著歐洲舞會的禮服。連音樂都用歌劇，目的就是為了凸顯光鮮亮麗世界背後，盜賊的黑暗世界。到了《二月與電影》（一九七二）則是以滿洲帝國為舞台，呈現出銀幕裡滿洲國最後一部電影的拍攝過程。

《超現實主義宣言》（一九七三）裡出現了一句這樣的台詞：「跨在空中飛舞的夜壺上，」所以我就在海報上直接放了一個反坐在馬桶上的吸血鬼。舞台上的世界則是一團亂，還引用了很多達利（Salvador Dalí，一九〇四～一九八九）與基里科（Giorgio de Chirico，一八八八～一九七八）的繪畫。所以如果要遵守「決定世界觀」的規矩，下次公演海報的意象，大致上也可看出端倪。以有點短線的思考來說，就有點「下次讓演員直接叼一枝山茶花」的程度。

即使劇團告訴我下次要呈現這樣那樣的世界，我也有不聽話的時候，我會反其道而行，只照自己認為合適的方法設計，像是《喜劇阿部定》（一九七三）。這齣戲把阿部定放進布雷希特的《三便士歌劇》（*Die Dreigroschenoper*）與詩人金子光晴 296（Kaneko Mitsuharu）的《骷髏杯》混雜的世界，所以我也在海報裡動了手腳，看誰能找得出布雷希特。這張海報既是猜謎遊戲，也是一個謎團。

而前置作業到了非做海報不可的節骨眼，劇本很可能都還沒完成（笑）。所以在這樣的劇場世界裡，只要能捕捉到作者的世界觀，那麼即使不緊緊跟著故事走，我想也沒太大問題。與其吹毛求疵，不如讓海報先把故事演一遍，再繼續跟著劇組一起工作。

有時劇本進度還不到三分之一，海報就已經做好的話，我還會要求劇作家「照我的海報寫」。有時候也會抱怨作者，「這種標題太無聊了，」而擅自更動劇名。根本太沒禮貌了（汗）。所以我會依照作品不同，先推出海報或延後公開。

——那麼這些海報都貼在什麼地方呢？

雖然海報都是B1尺寸，但很幸運地劇團並不管，所以就盡量做大（笑）。就算有地方貼，也只能貼在居酒屋廁所之類的地方。後來人家常常問我：「你的海報都貼在哪裡？」因為帳篷劇場是巡迴演出，海報上也不會標明日期時間與演出地點（笑）。所以這樣的海報根本不具公告的基本功能。如果要吸引觀眾，去發傳單更有效。而我之所以還要繼續設計海報，與其說是為了看戲的觀眾，不如這樣說：是拿來給劇組演員與導演，也就是內部的人看的。我透過海報向劇團內部傳達自己的想法，「這次的戲是這樣的。」

完成的海報帶到排練場一貼在牆上，大家震驚之餘，排起戲來也特別帶勁。總之，海報是劇團的大旗。既是啦啦隊的加油旗，也是漁船的大漁祈願旗；有了這面大旗，觀眾就會踴躍進場（笑）。

在演完《戲院與怪人》（一九七六～一九七七）後，因為種種因素，有大概一年的時間無法上演任何作品。才在思考以後的出路，就有人想出了一句口號：「劇場不能亡！我們需要你！」在接著上演的《殺死布蘭基的上海之春》（一九七九）海報上，我就把這句口號做得比標題字還大，並在其他空位放上許多面旗子，以此象徵我們將一本初衷繼續演戲。所以，我設計的海報完全是對劇團內部宣傳用的工具。

——在設計上完全不顧劇團以外的其他人嗎？

不不不，沒這回事。因為當時的觀眾也會以飲酒店或咖啡館為據點，形成各種小圈圈，在我們黑帳篷觀眾聚集的場地，絕不會有狀況劇場或天井棧敷的公演海報。不同的劇場觀眾，甚至還會拳腳相向。到地方巡演，會遇到瘋狂的票友，被當成寶塚歌劇團的頭牌演員崇拜（笑）。雖然他們是一大誤解，但包括誤解的人在內，我們是真的有忠實觀眾的。

但是如果從海報設計者來說，與其顧慮如何以海報服務觀眾，我花了更多工夫讓自己與劇組信得過我的海報設計，否則我無法自由發揮創意。我在劇團上的努力多過觀眾。

如果講到對外部的意識，我注意到的是其他劇團，而我更關注其他海報設計者。天井棧敷有宇野亞喜良[297]（Uno Aquirax）、井上洋介（Inou-e Yosuke，一九三一～）、榎本了壹[298]（Enomoto Ryoichi）；自由劇場有串田光弘（Kushida Mitsuhiro），至於狀況劇場也有橫尾忠則。我非常好奇他們設計的海報如何，也常常思考我觀察他們的眼光。尤其是橫尾幫狀況劇場設計的那些海報，帶給我的震撼更大。像是《約翰·西佛：新宿愛戀夜啼篇》（一九六七）那張，更是傑作中的大傑作。那種在新宿的黃金街上盡情投射日本古樸圖象的痛快感，已經在設計界形成許多使人臉色發青的仿作：「你這不是抄橫尾的嗎？」當時率先設計B1尺寸海報的，也是橫尾；在他之後，大家都紛紛跟進。

至於狀況劇場的橫尾海報，跟作品本身幾乎沒什麼關係。我不想說人家長短（笑）。女人的側影比約翰大，而且《纏腰阿仙》（一九六六）的海報上根本沒有任何像阿仙的人。他不傳達作品的內容，反而靠對時代的反叛一決高下。

——為什麼您在設計海報上這麼執著呢？

我在黑帳篷的工作，根本不拿半毛錢。他們既不會給我酬勞，印刷廠也准我們賒帳，每個月一次付清（最近還比較像話一點就是了）。但是我卻拚命幹這種不支薪的工作（笑），如果我拿了一萬塊，就幹一萬塊的工作，說起來很現實的。

免費的工作最可怕，根本找不到藉口，而且免費沒有上限，而這也是一種不想被簡單地評價的宣言。另外有一些人，以輕蔑的口氣稱我們為「地下」（underground），對此我們更應該努力奮鬥。至於人家說是「為運動服務的設計」，則表示他們對於運動宗旨的一知半解。沒酬勞的工作自然有其具魅力的一面，而這一面恰巧就是運動的本質。所以像自衛隊那些傻小子，拿了稅金去搞什麼支援活動，根本莫名其妙（笑）。做你能做的事，不就讓想像力片甲不留了嗎？只不過是努力的次元不同罷了。

——一九八四年您做完《沃伊采克 299》（*Woyzeck*）後，曾經離開過黑帳篷一段時間。

首先，當時我沒辦法再繼續設計Ｂ１尺寸的海報，因為街上越來越乾淨，越來越找不到可以張貼的地方。再加上製作費吃緊、身心俱疲……只好把海報尺寸減半。那麼目光可以聚焦的點相對也變小，我就更沒辦法發揮本事了。

當時高橋悠治成立了水牛樂團，我便開始為他們打雜。我負責了亞洲民眾抗爭文化資訊報《水牛新聞》，並以印刷樂製作活動訊息ＤＭ寄給通信會員，這樣的工作反而還讓我比較輕鬆一點。「水牛」的傳播媒體還有一本Ａ５的小冊子叫做《水牛通信》，我用文字處理機排版，做成三十二頁的刊物。當時個人電腦還不普及，什麼ＤＴＰ根本高不可攀。另外就是Ｂ４大小的傳單。一般傳單都是Ａ４，我寧可以比較大的Ｂ４粗紙雙色印刷製作這些傳單。用Ｂ４的理由是即使當傳單麻煩，貼在牆上當海報用，則大小恰到好處，看起來又美觀。就算有人抱怨設計老土，我也不以為意。我對於Ａ判這種開數分類，還是有小小的排斥感。

——設計海報最困難的地方在哪裡？

海報只能靠一個畫面決定高下，所以瞬間的掌握是相當重要的一環。製作經過各種峰迴路轉，終於達到高潮，而我想呈現出作品的高潮。就像是歌舞伎演員眼睛一睜，擺出招牌姿勢的那一瞬間。我沒有打算對於事情的因果加註文字說明，因為只要看戲，應該很自然就知道了。接下來要問的，是觀者的器量。然而如果一張海報只是個人風格的呈現，就很容易被人看穿手腳。

松本大洋[300]（Matsumoto Taiyo）有一齣戲《朝向光芒的彼方存在的目標或是樂園》，我們選擇在一間廢棄的游泳池上搭起頂棚舉行野外公演。不論是對內或是對外，都是一種顧及訴求點的做法。這兩年來，我正漸漸回歸黑帳篷劇團中。

我看大洋帶戲的過程與開演前的準備，會發現他有截然不同的手法。其貌不揚的角色，一面說著平淡無奇的台詞，乍看之下真以為他會做出一齣古典戲劇。但是不論是普通的存在或普通的事物，卻有了新鮮的印象。所以年輕的觀眾才會目不轉睛。

真不好意思，這次都只顧說自己的經驗。我一直在透過自己的經驗看這個社會，如果有機會，假以時日我想以科學的眼光觀察同時代的設計家作品。

（訪問：河上進）

291 新藝術：十九世紀末至二十世紀初盛行於歐美都市的藝術風格，擅長使用植物枝葉紋理與弧線裝飾。繪畫方面的代表人物有英國插畫家奧伯利・比亞茲萊（Aubrey Bearsley，一八七二～一八九八）、荷蘭的楊・托羅普（Jan Toorop，一八五八～一九二八）、挪威「吶喊」愛德華・孟許（Edvard Munch，一八六三～一九四四）、法國的羅特列克、奧地利的古斯塔夫・克林姆特（Gustav Klimt，一八六二～一九一八）、摩拉維亞（現捷克）的國寶阿爾方斯・慕夏（Alfons Mucha，一八六〇～一九三九）等；建築方面有西班牙「聖家堂」（Sagrada Familia）的設計者，加泰隆尼亞人安東尼・高第（Antoni Gaudí，一八五二～一九二六）、法國的埃克多・紀馬爾（Hector Guimard，一八六七～一九四二）與比利時的維多・歐爾達（Victor Horta，一八六一～一九四七）等。紐約「第凡內珠寶」（Tiffany's）初期也以此類風格遠近馳名。

292 大江健三郎：一九三五～，繼川端康成之後日本第二位諾貝爾文學獎得主（一九九四），畢生反戰、反天皇、反日本，不斷對中韓下跪道歉，並誓死效忠麥克阿瑟憲法第九條（武力放棄原則），同時也對共產主義持懷疑與批判態度。伊丹十三的妹婿。作品特色為複雜的邏輯與冗長艱澀的修辭，一句話要寫三、四百字，數十個逗點之後才有句點；不論是對文學研究者或是外文譯者而言，都極為難讀。

293 勝井三雄：一九三一～，日本最具代表性平面設計師之一。擅長運用幾何圖形元素。

294 津野海太郎：一九三八～，劇場導演、編輯、評論家，六月劇場創辦人，晶文社前董事，前述《WonderLand》、《水牛通信》乃至本節出處《書與電腦》季刊均由其擔任編輯。

295 唐十郎：一九四〇～，劇作家、劇場導演、演員。一九六三年成立地下劇場「Situation會」，以游擊公演為主。一九六九年在新宿西口公園強行上演帳篷劇，遭警方以兩百名機動隊包圍鎮壓，並以現行犯逮捕。與「天井棧敷」寺山修司、「早稻田小劇場」鈴木忠志、「黑帳篷」佐藤信一同被稱為「地下四天王」。

296 金子光晴：一八九五～一九七五，無政府主義詩人。對明治維新百年來日本的近代化政策批判不遺餘力。

297 宇野亞喜良：一九三四～，受比亞茲萊等新藝術畫家耽美畫風強烈影響，沾水筆畫中帶有一股妖豔氣息。一九五〇年代以插畫聲名大噪，近年來則應邀繪製流行歌手椎名林檎兩張專輯封面。東京插畫家協會會員。

298 榎本了壹：一九四七～，知名美術指導。

299 沃伊采克：德國劇作家格奧爾格·畢希納（Georg Büchner，一八一三～一八三七）生前未完成的劇本，經後人重新整理遺稿後發表。故事根據一八二一年發生在萊比錫（Leipzig）的情殺案改編。奧地利作曲家阿邦·貝爾格（Alban Berg，一八八五～一九三五）第一齣歌劇作品《伍采克》（*Wozzeck*，一九二五年首演）劇本原作。

300 松本大洋：一九六七～。母親為曾來台尋根的詩人工藤直子。漫畫作風大膽，《惡童當街》（一九九三）曾被改編成動畫長片（二〇〇六），《朝向光芒的彼方存在的目標或是樂園》是他與黑帳篷的第二次合作。

龐克・龐克・龐克

パンク、パンク、パンク

《黑帳篷電子報》二〇〇一年五月號

《朝向光芒的彼方存在的目標或是樂園》

原作：松本大洋　執行導演：齋藤晴彥301（Saito Haruhiko）

這次情形跟往常不一樣，往常在思考舞台美術的時候，我的點子本來都不太靠劇本提供靈感。因為劇本常常都趕不上製作進度（笑）。因為我負責的是宣傳美術，海報的製作是上演前最早完成的一件事。海報會決定整齣戲的意象，甚至會影響到劇團的運作方式。

製作上的討論，還是從上演場地、有限預算的運用、選角上的想法之類的話題開始。如果不提及整個製作，老實說是一場無聊至極的會議。所以這次的泳池劇場對我來說，毋寧是有趣的。預計我們將租下一整座沒水的泳池，在這邊強行上演新戲。往遠處一看，那裡就是東京鐵塔，隔壁是高爾夫球場，天空很高，樹很多。

我迫不及待泳池劇場的上演日來臨。我認為在泳池內看戲的觀眾，也是舞台裝置的一部分，所以更想知道他們在泳池裡會如何看待這樣的空間。所謂的戲劇，不都需要有演員與觀眾兩方才能成立嗎？接下來是觀眾位置與視野上的不同。本來觀眾是從進入戲院大廳開始，就參加了戲劇的演出，所以在我的想像中，如果從地下鐵車站到劇場的路上全部變成透明，讓劇場眼前越來越近，將是一件很有趣的事情。

這種把觀眾的觀賞狀況包含在內的舞台裝置，對我來說實在是一種很重要的構想。所以我把這次的演出命名為泳池劇場，但如果名稱能取得更露骨，將會有更好的效果。因為以前一般對於泳池劇場的主觀印象，總是位在泳池邊的劇場；然而這次泳池本身就是劇場，所以更應該說是「池中戲」（in the pool）。我甚至在傳單上寫了「不需要穿泳裝進場」。

前幾期電子報上，大洋曾經說過：「想以肯定的態度描寫人。」而我也贊成他的說法。

他認為在池中大家都是一樣的，想要讓大家以平等的視線看戲。不管池中上演什麼情節，不管來的是什麼樣的觀眾，都是可能發生的事情。所以即使演出日是雨天也沒有關係，雨越下，彼此感情越好。

比方說，到了下雪的早上，附近的居民都會閒話家常不是嗎？大洋一定也有這種感覺。我的年齡跟感性都與他不同，但他似乎與我同感。我看那些（去年公演）聞風而來的觀眾留下的問卷，就一直覺得如此，就好像全國都因為松本大洋的戲而下雪一樣。年輕人因為大洋的戲而聚集，而像我這樣的大叔也被這齣戲吸引，進入大洋的幻想世界。最近我穿衣服的時候，也老是想到海報上的插圖，就像穿到了大洋筆下的衣服（笑）。

同時我也開始以大洋漫畫般的視線看人看事。在《惡童當街》裡，自己也可以擁有一個幻想的空間。所以我說，大洋的影響力真強。他的模式可能跟靠市場原理之類滾動的大人世界截然不同，但是讓我回想到的，並不是童年如何、少年時代如何，被自然引發出來的，反而是自己心中截然不同的價值觀。

在設計的時候，不管是平面還是立體造形，在基礎上都沒什麼不同，也就是說，造形是出自同一個根源，不管是在紙上做模型，還是實際的空間。而那個最原始的形狀……想說是無政府（anarchism）卻也不對，不如說是龐克（punk）吧。

忠於自己的感覺誠實地生活，不論對誰都能直率表達自己的想法，不就是龐克嗎？所以稱之為誠實，一種自我流的誠實。那麼對人對事又應該要怎麼表現出這種誠實呢？話說回來，對方能接受這種誠實嗎？……

一些被扣上龐克帽子的人，穿著故意剪破的衣服，頭髮也一撮一撮地豎起來，那並不只是接受潮流，也是表現自己的精神，是所謂的精神上的龐克；用老一點的說法，就是滑稽（nonsense），滑稽帶來一些快樂，並讓周遭的人們都注意到你。只要你繼續主張自己天生就是如此，人家就不會認為你只會胡鬧，並且還會尊重你。對我來說，我與黑帳篷之間的關係，就是這種感覺。

其實，我最近除了自己參加的戲以外，幾乎不看其他的公演。以前常看，卻完全不知道其他觀眾為什麼會覺得一些場景好笑。因為我覺得他們沒有凸顯出好笑的部分。所以我透過親自參與，才會發現一齣戲的有趣之處。不同於攝影與繪畫，戲劇到底有沒有瞬間吸引觀眾目光的能耐，我不得而知。來看黑帳篷作品的觀眾，也有可能在搞不清為什麼好笑的情況下把戲看完。

301 齋藤晴彥：一九四〇～二〇一四，黑帳篷創團三大駐團劇作家之一，也曾在多部電影與電視劇中擔任配角。

劇場就是勞動

演劇は労働である

《黑帳篷電子報》二〇〇一年十二月號

《十字軍》（*Croisades*）鈴生劇場

劇本：米榭・阿薩瑪[302]（Michel Azama）　導演：卜羅貝爾・迪斯[303]（Prosper Diss）

聽取卜羅貝爾的建議後，以他的意見為底，把我們的舞台設計做成立體模型。讓他看過之後，他似乎又覺得有一些地方不需要，於是把舞台做得越來越簡單。

在他當初的想法中，有一條是「在被破壞的劇場中演戲」。就像科索沃（Kosovo）那些只剩下天花板的樓房，或是在瓦礫堆中只剩下舞台的劇場。但是我認為那樣的場景只限於歐洲，在日本，尤其像是鈴生這種小劇場，是很難重現那樣的場景的。鈴生本來是木造公寓的房間，到現在都還在居酒屋的二樓。他的想法是歐洲劇場中那種又有石頭質感、又有鏡框（proscenium-arch）的劇場，於是幾經折衝，最後把舞台弄到最簡約。

具體來說，我們想以最簡樸的方式，忠實呈現阿薩瑪的原著。大致上會在舞台上掛起半圓形的薄紗布簾，做為天空或宇宙的象徵，甚至可以有冥河的聯想。既不是「此岸」也不是「彼岸」，而是瀕死者徬徨的地方。亡靈在此訴說各種故事，並且前往彼岸。然後再從天花板上吊掛類似旋轉木馬的裝置，在輪子邊綁上白色繩結以便轉動；而我在電影上看到的那些歐洲廣場上，小朋友都抓著繩結擺盪，所以我覺得很符合這齣戲的情景。歐洲好像有一種說法，是說死者不分階級，都一邊旋轉一邊上天堂。類似「死者的行進」，或是死者的徘徊大概都是由此而生的。我想這部劇本一定引用了很多歐洲這方面的傳說或民間故事。

我第一次與外國導演合作，對於卜羅貝爾也相當感興趣；在排練中更佩服他的能力，尤其是他的活力。怎麼看都不像是快要七十歲的人。

暖身就花掉差不多兩小時，慢慢匯集演員的注意力後才開始排戲。演員進了劇場往往容易成為特立獨行的個體，但是卜羅貝爾將劇場視為一種勞動行為，不是藝術，而是工作。興建一棟大樓，就必須知道建築工法與工作所需的體力，再依進度表作業，不能依照心情有所更動。那種累積的成就感，讓我覺得很愉快。卜羅貝爾還要求演員也自己動手製作道具，我認為這是不分台前台後，演員連戲服都要自己縫製，一種強烈的自我表現。對他來說，劇場表演就像興建一棟大樓那樣的勞動行為。這就像是我設計舞台，也不僅止於釘釘木板而已，而是思考為什麼要在這個地方下釘子，不回答就沒有趣味。我想，這也是一種表現的手法。

302 米榭・阿薩瑪：一九四七～，法國劇作家。

303 卜羅貝爾・迪斯：一九三四～，法國劇場導演、演員。一九八八年於南法歐杭吉（Orange）成立薩布里耶劇場（Théâter du Sablier）。

路伊吉・皮藍德婁[304]（Luigi Pirandello）　ぴらんでっろ

《ifeele》二〇〇五年十月號

去神保町買義日辭典。我家附近有很多義大利餐廳，卻很少賣義大利語辭典的書店。其實我三十多年前學過幾次，但都半途而廢忘光了。我記得當時買過一本小辭典，但不知道放到哪去了，找都找不到。

我以書籍設計為業，但長久以來我也從事許多劇場公演傳單、海報等文宣品的設計，乃至於舞台設計等工作。設計劇場與設計書籍對我來說似乎都沒有太大差別，但最近劇場的工作對我來說，卻給我越來越大的刺激感。在劇場這樣的直接交涉空間裡，裡外矛盾不斷發生的過程中，追求的不是個退一步的妥協，而是激化矛盾使之誇大化，並且表現在舞台上。這是我不斷持續的作風。

二〇〇四年十月我參加了路伊吉・皮藍德婁原著《六個尋找作者的劇中人》（*Sei personaggi in cerca d' autore*）改編，溝口迪夫日文譯本，齋藤晴彥導演，黑帳篷第五十三號公演作品《皮藍德婁》的製作。齋藤晴彥說：「皮藍德婁，這標題真不錯。」我含糊地搭腔：「對呀。」過去一向以片假名標示的外來語，用平假名標示就會引發眾人的懷疑眼光；現在回想起來也是一種矛盾。

在這場公演的傳單上，譯者溝口這樣描述皮藍德婁：義大利常以「非常地皮藍德婁」形容一件事的複雜難以理解，也是混亂與莫名其妙的同義語……。所以《皮藍德婁》堪稱直接表示我們現在狀況的劇名，而不單只是趕時髦的命名方式，更是巧妙地以子之矛攻子之盾，正是齋藤晴彥標榜的「直球演劇」。

《皮》的排練場一如預期中混亂，接著終於到了大道具進場的階段。本來應該是劇場設計者想要逃離現場的當下，我卻有一種事不關己的鎮定感，這說不定也是《皮》的效果。六個尋找作者的劇中人陸續來到劇場，並在舞台上繼續排戲。舞台布景還是一片空曠，隔板也都留在牆邊，等待依序排列。穿著戲服的演員與劇組，在劇場的大廳和走廊間徘徊，這裡是一片混沌的中野「光座」劇場。都已經過了開演時間了，這樣好嗎？……

光座落成於昭和三十（一九五五）年左右，以前據說是色情電影院，已經廢棄了二十幾年，外觀看來風韻猶存。建築物突兀地蓋在機車排氣音與救護車警笛不絕於耳，大久保通旁的中野五叉路邊，以前遭過颱風侵襲，到現在還在漏水，簡直是為了這齣戲而蓋的舞台。

我買了義日辭典，反倒不是為了研究諾貝爾獎得主路伊吉．皮藍德婁的作品。其實，只要從光座面對的大久保通繼續走下去，穿過新宿後，在神樂坂十字路口再往前一點的岩戶町，我們已經找到一棟三層樓的房子。我們計畫在這棟房子的二樓與三樓設置排練場，一樓再改裝成劇場，並且想在這本diccionario（義大利文：字典）裡找出一個名詞，做為新據點的名稱。比方說Comedia dell'Arte（藝術喜劇劇場），還是Piccolo

Teatro（小劇場）……那麼 Teatro Pirandello（皮藍德婁劇場）怎麼樣？不然就用 trattoria 還是 ristorante（餐館）……不知不覺之間，我也充滿了義大利風情。怎麼辦，theater iwato[306]。

304 路伊吉・皮藍德婁：一八六七～一九三六，義大利小說家、劇作家，一九三四年諾貝爾文學獎得主。擅長荒謬劇場（Théâtre de l'Absurde），開啟二十世紀「現代主義戲劇」先鋒，並擔任羅馬藝術劇團（Teatro d'Arte di Roma）藝術總監。

305 theater iwato：黑帳篷劇團主場，二〇一一年改名「iwato 劇場」，二〇二二年因原址拆除而閉館。

iwato的工作 イワトの仕事

首次發表

沒有一件事比給喜歡的表演者酬勞更感到幸福了。今天的「iwato寄席」是志輔師傅專題。開場表演包括了新傀儡劇場（New Marionettes）表演「花笠舞」與「秋田姨舞」等，還有開幕表演「獅子舞」。演出者跟我表示：「人偶就像自己的孩子一樣……」而場內觀眾也紛紛尖叫：「卡娃伊（好可愛喔）！」一個老太太緩緩走到舞台邊，毫不客氣地拿出一張大鈔往獅子的嘴裡塞，獅子也把鈔票一口吞下。先不論好壞，我覺得這種觀眾與表演者間的密切關係，能在這個空間裡形成，已經是我始料未及的事。

二〇〇五年四月，我們在被大久保通分成兩半的岩戶町，租得一棟興建五十多年的三層樓老房子，並把一樓車庫改裝成可容納一百二十名觀眾的小劇場，並稱為theater iwato。二樓與三樓做為黑帳篷的排練場，一樓提供外租以貼補房租，以及償還之前累積的貸款。我們不可能靠收租過著安逸的生活，接下來的挑戰還很多。有一個吹牛大王夢想成為製作人，宣稱要在這間劇場舉行現場演奏、落語（單口相聲）以及朗讀會。我想藉著這篇文章，記錄我參加的所有演出。

二〇〇五年●開幕紀念音樂會「六個鋼琴師」四月五日至二十四日。林光打頭陣，高橋悠治壓軸。林兄一進劇場，我就藉口開溜。上了年紀難免會擔心身體，但是他們的身體還這麼硬朗……●黑帳篷公演《ど》（Do）五月六日至二十二日，小寺和平《口吃集團》改編。山元清多[306]（Yamamoto Kiyokazu）編導。阿元籌備已久的製作，曾在練馬的排練場公演，第二次公演則在劇場中間鋪上石頭做為舞台。●黑帳篷公演《帝國的建設者》（*Les Bâtisseurs d'Empire*）六月二十三至二十六日，波希斯・維昂[307]（Boris Vian）原作，立山 Hiromi 導演。明明是半成品的試演會，我卻異常認真。●iwato biz 山田風太郎[308]（Yamada Futaro）《笑臉丑角》八月十二日，黑帳篷女演員畠山佳美獨腳朗讀會。●黑帳篷公演《六個尋找作者的劇中人》十月二十八日至十一月六日，路伊吉・皮藍德婁原作，齋藤晴彥導演。再度挑戰以前叫做《皮藍德婁》的戲。佐藤浩二（Sato Koji）飾演父親的角色。扮演鋼琴師的高橋悠治有一種特別的魅力。●音樂會：日文版舒伯特（Franz Schubert）《冬之旅》（*Winterreise*）十一月十八至二十日，齋藤晴彥唱，高橋悠治鋼琴。

我們找了懂德文的朋友拚死翻譯了威廉・穆勒（Wilhelm Müller）的詩，並且讓齋藤晴彥與高橋悠治一起展開一場《冬之旅》之旅。●現場演奏「Hat」十一月二十九、三十日。服部吉次309（Hattori Yoshitugu）組成了Hat Band，改編他老爸服部良一310的歌謠組曲，果然令人感動到雞皮疙瘩直冒。●朗讀《夏威夷之神》《梅子小姐》十二月二十二日，小日向知子原作，阿部海太郎音樂，本木幸世朗讀。海太郎手上那個看起來很笨拙的樂器其實暗藏機關，非常有趣。

二〇〇六年●座談會「劇場與文字組版」三月二十二日，與談人：和田誠、平野甲賀、川畑直道（Kawabata Naomichi，設計史研究者）。擅自播放川畑歷史收藏品的感想分享會，觀眾很多，出乎意料。下半場是和田擅長的好萊塢電影片頭集錦，以及他輕妙灑脫的言談。同場加演Hat Band現場演奏。●現場演奏「Hat2」三月二十四、二十五日。服部吉次挑戰服部良一，演出〈住在東京屋簷下〉、〈年輕的我們真幸福〉等曲目。●「港大尋（Minato Ohiro）三日祭」Société contre l'État（「對抗國家的社會」）樂團的靈魂人物，現代音樂奇才港大尋的三晚連續音樂會。五月二十六日：港獨奏。二十七日：樂團尖銳的即興演奏。二十八日：港與Gayagaya樂團的演奏。希望很快還可以在哪邊遇到

Société 樂團。●第一回 iwato 寄席，六月二十八日：古今亭志輔日。演出段子：《醋豆腐》、《西北雨勘五郎》、《佃祭》。特別來賓：剪紙正樂[311]。這就叫做哄堂大笑，正樂很厲害，一邊播放美空雲雀[312]（Misora Hibari）的曲子，一邊剪出各種剪影畫，實在是太滑稽了。二十九日：林家彥一獨演會，演出段子全是彥一的拿手絕活。《長島的滿月》、《青菜》、《旅遊幻燈片之彥一說故事》。三十日：柳亭市馬日，演出段子《文七元結》。有人在問卷上表示他聽到都要哭了。果然人情味的段子還是比較適合由豪放的市馬詮釋。過了中場休息後，就是市馬喜歡的昭和歌謠。●敗戰紀念演奏，八月十五、十六日《齋藤晴彥的榎健、綠波》改編、導演：古川清[313]（Furukawa Kiyoshi）。昭和喜劇兩大天王榎本健一[314]（Enoki Kenichi）與古川綠波[315]（Furukawa Roppa）又回到神樂坂了！原作是古川綠波的美食日記《悲食記》，插曲是榎健與綠波的歌。這兩人前一陣子都度過了百年冥誕。這齣戲的起源，本來是想為了想在二〇〇七年為服部良一百年誕辰特別企畫活動，但我很可能在不知不覺間，便對那個時代產生了鄉愁。八月二十一日，八島太郎《新太陽》，重勝次郎朗讀。戰前赴美，展現日本人與美國的強烈個性，同時過著自由奔放生活的畫家八島太郎的珍貴故事。以前晶文社發行的《新太陽》收錄了兩百幾十幅插畫，我全部翻拍成幻燈片播放以搭配朗讀。八月二十二日，長谷川四郎《西伯利亞的故事》，久保恆男朗讀。被拘留在西伯利亞，直到一九五〇年才歸國的長谷川四郎，在很短期間內一口氣寫完了《西伯利亞的故事》，既是戰爭文學的異端，也是應該傳承的名作。兩天的導演都是伊藤祥二。●第二回 iwato 寄席，九月二十八日，東西若手會。東側：古今亭志公、桂才紫。西側：桂吉坊、桂漫我。二十九日，柳亭市馬日，長段子《三軒長屋》，從田中不由師傅的三味線演奏進場音樂開始，落語家就不斷跳舞的寄席。歌謠浪曲《俵星玄蕃》全本演奏。三十日，古今亭志輔日，段子《宿屋之富》、《相撲風景》、《幾代餅》。特別演出：新傀儡劇場。每次都會特別感謝志輔師傅，如果他沒有來，這一系列活動不會這麼充實。我當初曾經口頭告訴他，「我們也有寄席喔！」而我從學生時代就常常被喜歡落語的同學拉去看表演，即使到了現在專做劇場，我的立場仍然既不偏向觀眾，也不偏向演員，說得負面一點，我總是站在半途而廢的位子，但也因此得到樂趣，因為可以感受到觀眾與演員共同創造出來的活絡空間。●黑帳篷第六十回公演《朝向光芒的彼方存在的目標或是樂園》，十二月十五至二十四日，松本大洋劇本，齋藤晴彥導演。只標榜「我們的直球演劇」，而將原作劇本毫不修飾地呈現在舞台上的劇場做法。●年末現場演奏「日文版舒伯特《冬之旅》」齋藤晴彥唱，高橋悠治鋼琴。二○○七年●現場演奏「歌唱的 iwato」四夜：一月二十五、二十六、二十七、二十八日。服部吉次與 Hat Band、內田也哉子[316]（Uchida Yayako）與 sighboat[317] 樂團、曾我部惠一[318]（Sokabe Keiichi）獨奏、二階堂和美[319]（Nikaido Kazumi）與內橋和久[320]（Uchihashi Kazuhisa）的吉他伴奏。二階堂小姐的歌聲，我只有一句話：太了不起了。●今後預定：黑帳篷第六十二回公演《海鷗》（*Чайка*），四月二十至二十九日，安東・契訶夫（Anton Chekhov）原作，齋藤晴彥導演。我負責設計舞台。第三回 iwato 寄席，六月二十七至三十日。古今亭志輔、林家彥一、桂吉彌、桂心吉、桂吉坊、桂吉乃丞、柳亭市馬。●朗讀・山本周五郎[321]（Yamamoto Shugoro）齋藤晴彥、石橋蓮司、古今亭志輔、久保恆雄、山中弘幸、河內哲二郎。

（待續）

306 山元清多：一九三九～二〇一〇，劇作家、劇場導演，黑帳篷駐團劇作家之一。電影版《佐賀的超級阿嬤》（二〇〇六）編劇。

307 波希斯・維昂：一九二〇～一九五九，法國黑色小說家、詩人、爵士小號手，平生傾慕美國文化與艾靈頓公爵（Duke Ellington），卻又不屑翻譯三流偵探小說，於是假冒美國非裔逃兵名義發表黑色小說。因不滿代表作《在你墳上吐痰》（*J'irai cracher sur vos tombes*）被片商擅自改編成電影，在電影院裡活活氣死。

308 山田風太郎：一九二二～二〇〇一，大眾小說家，江戶川亂步弟子，以《魔界轉生》與忍者小說出名。

309 服部吉次：黑帳篷劇團創團成員之一，服部良一的二兒子，本名良次。

310 服部良一：一九〇七～一九九三，日本流行音樂巨匠，長子克久（一九三六～）、長孫隆之（一九六五～）都是作曲家。華人熟悉的曲目有《蘇州夜曲》（一九四〇，李香蘭原唱）與《銀座カンカン娘》（台語：台北浪漫小姑娘，國語：可愛的俏姑娘）、《青色山脈》等。一九五〇年代在香港活動時，也曾使用「夏端齡」（廣東話發音接近 Hattori）為筆名，發表多首國語老歌。

311 剪紙正樂：江戶落語家第三代林家正樂（一九四八～）的暱稱。東京的「林家正樂」均以剪紙落語見長。

312 美空雲雀：一九三七～一九八九，昭和歌謠女王、電影演員。八歲出道，不到十二歲即灌錄唱片並登上大銀幕，生平共灌錄一千餘首曲子，其中許多五〇至六〇年代演歌被台語歌手顏華、陳芬蘭等人翻唱。比較不為台灣聽眾所知的是，雲雀雖不諳英語，受邀翻唱英語爵士名曲時，只需要從頭聽過一遍，就能直接上台演唱。日本第一位採用商業用數位錄音技術的歌手，第一位在東京巨蛋演唱的日本藝人，第一位女性國民榮譽獎得主（死後追贈）。

313 古川清：一九三九～，古川綠波的長子，東寶演劇部導演轉任帝國劇場第一任製作人，曾製作多齣日文版百老匯或倫敦音樂劇公演。

314 榎本健一：一九〇四～一九七〇，「喜劇王」，暱稱「榎健」。大正時代（至一九二三年關東大地震發生前）「淺草歌劇」的台柱之一。曾經翻唱過許多一九二〇至三〇年代的法國香頌與美國流行歌。晚年曾在台灣巡迴演出。

315 古川綠波：一九〇三～一九六一，以「谷川綠波」寫作，因在餘興節目上模仿他人說話維妙維肖，經娛樂圈人士建議，從雜誌編輯轉行喜劇演員。與榎本健一二分天下。

316 內田也哉子：一九七六～，散文家、歌手、演員爸爸是老搖滾歌手內田裕也，媽媽是影視演員樹木希林，丈夫是傑尼斯畢業生本木雅弘。

317 sighboat：也哉子主唱、渡邊琢磨（Watanabe Takuma，個人名義為 COMBOPIANO）鋼琴、鈴木正人（Suzuki Masato）低音提琴的三重奏組合，成立於二〇〇五年。

318 曾我部惠一：一九七一～，獨立系民謠搖滾創作歌手。

319 二階堂和美：一九七四～，女性創作歌手。厭倦東京都會生活，返鄉繼續創作小清新輕電音民歌。

320 內橋和久：一九五九～，即興音樂演奏家與錄音室樂手，曾經在大阪市新今宮經營傳奇性表演空間「新世界 Bridge」（原址現已拆除，成為小鋼珠店預定地），並舉辦多次 Beyond Innocence 即興音樂節。除了演奏吉他與多媒體語言 Max 以外，還是亞洲唯一的木片樂器 Daxophon 演奏者。

321 山本周五郎：一九〇三～一九六七，時代小說家。《日日平安》、《紅鬍子診療記》、《沒有季節的小墟》與《雨後》先後被電影天皇黑澤明（Kurosawa Akira，一九一〇～一九九八）改編成《大劍客》（一九六二）、《紅鬍子》（一九六五）、《電車狂》（一九七〇），以及死前未完成劇本，由弟子小泉堯史（Koizumi Takashi）完成的《黑之雨》（二〇〇〇）。

代後記

甲賀怪怪體

コウガグロテスク

記得我的第一篇文章，確實是寫於一九六七年六月。當時年輕氣盛，總想投注精力在什麼事情上。我一邊整理舊文章，一邊想著為什麼要把自己不堪的過去再拿出來講……。不過留下來的文章還真多呀，而且多半沒有打成電子檔……。

忘了幾年前，就曾經有人問我想不想整理以前的文章集結成冊。我一拿出來讀，就心想：「算了吧！」而這個構想，卻藉由「平野甲賀怪怪體」的名義實現了。

「手繪文字」的字體化計畫即將告一段落。這件傻差事，經過一群人辛苦的努力才得見天日；但我也為了從此無法再享受剪貼文字的樂趣，而感到有些空虛。但是今後還有很多非做不可的事情還沒解決，所以這樣的工作實際上並沒有完成的一天。

第一件讓我冷汗直流的問題是錯字。我趁勢畫出的文字，常常會多一點或少一點，雖然人家會安慰我「設計嘛，也沒辦法」，但我心中總有不滿。即使一心不想被當笑話，事實上也會遇到被嚴重指責的情形。接著的文字形體不成熟，也只有自己心知肚明。想到什麼就賦予形體表現出來，思考與形體之間的落差就是問題所在。

一個文字、一句話的形體，不論以黑體、明體、毛筆字或是手繪文字表現，都不損其意義。只要能表達自己的想法，就不需要拘於表現方式，但同時也有「橫排無法呈現思想！」、「黑體字是漫畫用的！」甚至「手繪文字簡直低俗不堪！」之類的意見。即使覺得有這一回事，事到如今也已經無可奈何。而我則堅持手繪文字的路線。以自己的手描繪美術字，對我來說理所當然，而如今也重新認清，手繪文字必須利用日文的特質才能呈現出來。

到現在為止，我還一直思考著手繪文字的效用。書名或作品名稱的句法本身其實就是一種雄辯，我只是順著作者的論點描繪文字，有時以線條助長文字的論點，就能充分發揮效用。但是文字表現的各種事態，會隱藏原有理由與意圖，所以文字的型態，也會直接表現出手繪者的生活與意見。畫出來的結果不是難以接受的造形，就是平易近人到令人厭煩的樣貌，當然還有那些難以賦予形體的文字，以及根本不想畫的文字……嘗遍各式各樣的艱辛困苦，而模仿那種感覺畫出文字，本來就是一個手繪文字師的職責，而有時也是展現實力的舞台。

幾年前我曾經嘗試過選出以文字為主題的書籍封面，並且用平版印刷機重新印成作品。當然感覺上完全不同，但我的企圖就是將書店陳列書籍封面裱框，並表現出兩者間的落差。把有用的封面變成無用的藝術品。這些作品我已經展過好幾次，也曾經把過去畫過的文字與原稿做過比較。說不定只有我自己才知道箇中差異，不過也是將難以割捨的假名、標點符號要素也逐一排列的機會。我把對每一個字的感情與心思，夾雜著想要展示他人的慾望，做成類似作品樣本集的展覽。

而我也曾想過把自己常畫的漢字做成字庫。我的企圖不是將那些凹凸不同而具有各自性格的文字，全部集中在一個文體，而是讓每一個字都保留原來的個性，並且觀察無機組合的結果……我第一次組合，便發現結果意外有趣，甚至令我感到痛快。我嘗試著做出「紙片混搭屏風」，也就是剪貼畫……還有「恐嚇信」，也就是將各種文字拼成威脅的文章……一連串牽強的嘗試之後，我又試著列出自己的常用漢字表，然後才發現根本用不到其中的一半。我以為我已經寫了很多漢字，其實根本只是重複使用一樣的文字而已……這先放下不談。

以設計者的個人趣味繪製人名或文言體，或許還有樂趣；最後我應該把這些成果稱為自己的作品嗎？當然設計是一種共同作業，更嚴密地說，不可能只需一個人就完成所有的流程。但我總是硬生生地把所有設計全部以我的「甲賀怪怪體」完成，並且引以為傲，這是一大問題。文字應該要以適合的字體印出，而我剛好相反。

在此我要感謝編輯達人中川六平先生、Misuzu 書房的各位同仁與信任已久的各位共犯，能讓我有機會把這些沒有個性、良莠不齊的文章集結成冊。

平野甲賀

二〇〇七年四月

志ん輔　彦いち　正樂　市馬

吉坊　才紫　志ん我　志ん公

文章出處標記於標題下端。
本書收錄的文章經過一部分補筆、改稿與修改標題。

平野甲賀 Hirano Kouga

平面設計師、書籍設計師。一九三八年生於京城（現韓國首爾），武藏野美術學校（現武藏野美術大學）視覺設計科畢業。曾在高島屋百貨宣傳部任職。一九六四至九一年間獨自設計晶文社所有書籍封面及裝訂，形成出版社之企業形象。以木下順二《本鄉》（一九八三年，講談社）榮獲第十五屆講談社出版文化獎書籍設計類大獎。以獨特的手繪文字設計約六千本書。同時也與「黑帳篷劇團」、「水牛樂團」交流匪淺，經手無數平面文宣、海報與劇場設計。二〇〇五年於東京神樂坂「theater iwato」小劇場擔任藝術總監。主要著作包括《平野甲賀：書籍設計之書》（一九八五年，Libroport）、《平野甲賀「造書」術．我喜歡的書形》（一九八六年，晶文社）、《文字的力量》（一九九四年，晶文社）、《描繪文字》（二〇〇六年，SURE）；CD-ROM 出版品包括《文字的力量：平野甲賀的作品》（一九九五年，F2）、手繪文字字體「甲賀怪怪」假名篇（二〇〇四年，BZBZ）與《甲賀怪怪體 06》漢字篇等。

黃大旺｜譯者｜高雄路竹人，一九七五年生於台北市。上進補習班、建如補習班、國家補習班、淡江大學動漫與電影社結業。日文系在學期間開始從事日中翻譯工作，曾旅居日本進修及工作五年餘。二〇一〇年返台後開始從事日中同步口譯及地陪工作。同時也以「先天性表演者」的身分，於獨立音樂、當代藝術、劇場、電影等各種領域間疾走。譯著包括《商務英語不ＮＧ：關鍵單字這樣用就對了》、《商務英語不ＮＧ：+70關鍵單字這樣用就對了》及漫畫版《鬼水怪談》等。

王志弘｜選書、設計｜台灣設計師，國際平面設計聯盟（ＡＧＩ）會員。一九七五年生於台北，二〇〇〇年成立個人工作室。二〇〇八年起與出版社合作設立書系，以設計、藝術為主題，引介如荒木經惟、佐藤卓、橫尾忠則、中平卓馬與川久保玲等相關之作品。六度獲台北國際書展金蝶獎之金獎、香港ＨＫＤＡ葛西薰評審獎、韓國坡州出版美術賞，東京ＴＤＣ提名賞。

http://wangzhihong.com ｜ info@wangzhihong.com

SOURCE Series

1 鯨魚在噴水——佐藤卓
2 就是喜歡！草間彌生——Pen 編輯部
3 海海人生！橫尾忠則自傳——橫尾忠則
4 可士和式——天野祐吉、佐藤可士和
5 決鬥寫真論——篠山紀信、中平卓馬
6 COMME des GARÇONS 研究——南谷繪里子
7 1972青春軍艦島——大橋弘
8 日本寫真50年——大竹昭子
9 製衣——山本耀司
10 背影的記憶——長島有里枝
11 一個嚮往清晰的夢——Wibo Bakker
12 東京漂流——藤原新也
13 看不見的聲音，聽不到的畫——大竹伸朗
14 我的手繪字——平野甲賀
15 王志弘作品選——王志弘
16 為何是植物圖鑑——中平卓馬
17 我在拍電影時思考的事——是枝裕和
18 色度——德瑞克・賈曼
19 想法誕生前最重要的事——森本千繪
20 朱紅的記憶：龜倉雄策傳——馬場真人

★《海海人生！橫尾忠則自傳》獲二〇一三年開卷好書獎。
★ SOURCE 書系獲二〇一四年韓國坡州出版美術賞。
★《王志弘作品選》獲二〇一六年誠品閱讀職人大賞、
二〇一七年台北國際書展大獎入圍、東京ＴＤＣ入選。
★《看不見的聲音，聽不到的畫》獲二〇一七年東京ＴＤＣ入選。

Source——14

僕の描き文字　平野甲賀
我的手繪字　Hirano Kouga

譯者：黃大旺
選書・設計：王志弘
發行人：凃玉雲
出版：臉譜出版

發行：英屬蓋曼群島商家庭傳媒股份有限公司城邦分公司
台北市民生東路二段一四一號十一樓
讀者服務專線：〇二—二五〇〇—七七一八
〇二—二五〇〇—七七一九
服務時間：週一至週五・〇九：三〇—一二：〇〇
一三：三〇—一七：三〇
二十四小時傳真服務：〇二—二五〇〇—一九九〇
〇二—二五〇〇—一九九一

讀者服務信箱：service@readingclub.com.tw
劃撥帳號：一九八六—三八一三 書虫股份有限公司
英屬蓋曼群島商家庭傳媒股份有限公司城邦分公司

城邦網址：http://www.cite.com.tw

香港發行：城邦（香港）出版集團
香港灣仔駱克道一九三號東超商業中心一樓
電話：八五二—二五〇八—六二三一
傳真：八五二—二五七八—九三三七
服務信箱：hkcite@biznetvigator.com

馬新發行：城邦（馬新）出版集團
Cite (M) Sdn. Bhd. (458372 U)
41, Jalan Radin Anum, Bandar Baru Sri Petaling,
57000 Kuala Lumpur, Malaysia
電話：六〇三—九〇五七—八八二二
傳真：六〇三—九〇五七—六六二二
服務信箱：cite@cite.com.my

一版二刷：二〇一八年十二月

國際標準書號：九七八—九八六—二三五—四九七—一
定價：四二〇元

BOKU NO KAKI MOZI by HIRANO KOUGA
我的手繪字 by 平野甲賀

Originally published in Japan in 2007 by Misuzu Shobo Co., Ltd.
Traditional Chinese translation rights arranged with Misuzu Shobo Co., Ltd.,
Tokyo through AMANN CO., LTD., Taipei.